*Deseo*

P9-DCE-659

# UN ACUERDO APASIONADO

## EMILY McKAY

HARLEQUIN™

TUALATIN PUBLIC LIBRARY
18878 SW MARTINAZZI AVE.
TUALATIN, OR 97062
MEMBER OF WASHINGTON COUNTY
COOPERATIVE LIBRARY SERVICES

WITHDRAWN

JUN 1 5

Editado por HARLEQUIN IBÉRICA, S.A.
Núñez de Balboa, 56
28001 Madrid

© 2014 Emily McKaskle
© 2014 Harlequin Ibérica, S.A.
Un acuerdo apasionado, n.º 2010 - 12.11.14
Título original: A Bride for the Black Sheep Brother
Publicada originalmente por Harlequin Enterprises, Ltd.

Todos los derechos están reservados incluidos los de reproducción,
total o parcial. Esta edición ha sido publicada con autorización de
Harlequin Books S.A.
Esta es una obra de ficción. Nombres, caracteres, lugares, y situaciones
son producto de la imaginación del autor o son utilizados ficticiamente,
y cualquier parecido con personas, vivas o muertas, establecimientos
de negocios (comerciales), hechos o situaciones son pura coincidencia.
® Harlequin, Harlequin Deseo y logotipo Harlequin son marcas
registradas propiedad de Harlequin Enterprises Limited.
® y ™ son marcas registradas por Harlequin Enterprises Limited y sus
filiales, utilizadas con licencia. Las marcas que lleven ® están
registradas en la Oficina Española de Patentes y Marcas y en otros
países.
Imagen de cubierta utilizada con permiso de Harlequin Enterprises
Limited. Todos los derechos están reservados.

I.S.B.N.: 978-84-687-4796-5
Depósito legal: M-24085-2014
Editor responsable: Luis Pugni
Impresión en CPI (Barcelona)
Fecha impresion para Argentina: 11.5.15
Distribuidor exclusivo para España: LOGISTA
Distribuidor para México: CODIPLYRSA
Distribuidores para Argentina: interior, BERTRAN, S.A.C. Vélez
Sársfield, 1950. Cap. Fed./ Buenos Aires y Gran Buenos Aires,
VACCARO SÁNCHEZ y Cía, S.A.

# *Prólogo*

Portia Callahan se guiaba por una regla de oro: cuando todo le iba mal en la vida, hacía una lista.

La lista de ese día era sencilla: uñas, pelo, maquillaje, vestido, zapatos, boda.

En general, cumplir los objetivos de la lista le tranquilizaba, le calmaba los nervios más que un margarita, pero ese día, a pesar de haber realizado lo que se había propuesto, la angustia seguía agarrándole el estómago. Habría recurrido al margarita, pero tomarse uno en la Primera Iglesia Baptista de Houston mandaría todo al garete; eso por un lado. Por otra parte, le temblaban tanto las manos que casi con toda seguridad se echaría el cóctel encima. Y si se echaba un margarita encima del vestido de novia, que le había costado treinta mil dólares, su madre estallaría.

Una reacción un poco exagerada quizá, pero su madre era una mujer que se había tomado una pastilla de nitroglicerina esa misma mañana al verla a punto de estropearse la manicura.

Y esa pequeña mancha en el esmalte rosa de las uñas no era nada en comparación con las ganas que tenía de salir corriendo de la iglesia y arrancarse a tirones esa monstruosidad de vestido.

¿Por qué le apretaba tanto el maldito vestido de novia? ¿Por qué le arañaba el encaje? ¿Por qué le pinchaban tanto las horquillas? ¿Por qué el maquillaje era tan pastoso?

Si el vestido le molestaba tanto en esos momentos y no aguantaba las horquillas, cuando el día anterior ninguna de las dos cosas le habían causado problemas… ¿no sería que no quería casarse?

El estómago le dio un vuelco. Si no se tranquilizaba acabaría vomitando.

¿Qué podía hacer? Su madre no dejaba de pasearse examinándola de arriba abajo. Shelby, su dama de honor, estaba a sus espaldas abrochándole el último de los ciento veintisiete diminutos botones del vestido. Odiaba esos botones.

La torturadora vestimenta le apretaba tanto que apenas la dejaba respirar. No podía evitarlo, no lograba verle sentido a aquello.

Justo en el momento en el que creía que iba a estallar llamaron a la puerta.

—Entra —dijo su madre.

La puerta se abrió unos milímetros y Portia oyó la voz de su futura suegra, Caro Cain.

—Celeste, no quiero alarmarte, pero hay un problema con el fotógrafo.

La madre de Portia lanzó una furiosa mirada a su hija. Parecía acusarla del problema, aunque ella no había tenido nada que ver con la contratación del fotógrafo.

—No te muevas —le ordenó su madre mirándola de pies a cabeza—. Estás perfecta, así que no lo estropees ahora.

Tras esas palabras, Celeste salió del vestuario para enfrentarse al individuo que se había atrevido a crear problemas. Ella, entretanto, agradeció al destino aquel contratiempo que le confería unos minutos de descanso.

Portia se volvió a Shelby y le tomó ambas manos.

–¿Podrías…? –¡Dejar de torturarme con esos botones!, quiso decir, pero sonrió serenamente–. ¿Podrías dejarme unos momentos a solas?

Shelby, que había compartido habitación con ella durante los cuatro años en la universidad privada de Vassar y la conocía mejor que nadie, frunció el ceño y preguntó:

–¿Crees que es una buena idea?

–No te preocupes, estoy bien. Me gustaría meditar unos minutos.

–Bueno… –Shelby le dio un apretón de manos–. Está bien, voy a ver qué hace tu madre. Intentaré distraerla un rato –Shelby se miró el reloj–. La boda va a empezar dentro de veinte minutos. Como mucho podré dejarte sola unos diez minutos. No más.

–¡Gracias!

Unos segundos después, Portia se encontró por fin sola por primera vez en nueve días. Era casi mejor que el margarita. Pero seguía sintiéndose a punto de explotar.

Sola en el vestuario giró una vuelta en redondo examinando la estancia en busca de lo que necesitaba. Moverse no le resultaba fácil debido a los cientos de metros de seda blanca que componían la falda del maldito vestido. ¿Era ese el motivo por el que su madre había elegido semejante monstruosidad? ¿Había temido que le diera un ataque de pánico y se diera a la fuga a toda prisa?

Portia contuvo una histérica carcajada al imaginar a su madre corriendo tras ella para evitar su huida.

Aunque, por supuesto, ella no quería escapar.

No, no quería.

Eran nervios, nada más.

Dalton era la pareja ideal para ella. Ambos pertenecían a la misma clase social y gozaban de la misma situación económica. Lo que significaba que, por primera vez en la vida, no tenía que cuestionar los motivos de él al haberla elegido. Le respetaba. Se llevaban bien. Y, sobre todo, Dalton era un hombre estable y sensato. Y ella necesitaba equilibrio.

Los dos eran iguales, pero opuestos. ¿Y no decía todo el mundo que los opuestos se atraían?

Y le quería.

Bueno, estaba un ochenta y nueve por ciento segura de quererle. Pero estaba un cien por cien segura de que él la quería… O, mejor dicho, Dalton se había enamorado completamente de lo que ella le había mostrado de sí misma: vestir bien y saberse comportar en sociedad. Sí, a Dalton le encantaba esa versión de ella, la persona que intentaba ser.

Y aunque existía una versión rebelde de su personalidad, estaba tratando de destruirla, de enterrarla: ya no cantaba en el karaoke, y se había quitado el tatuaje de Marvin el marciano. Pronto sería totalmente la persona que Dalton amaba.

No era de Dalton de quien quería huir, sino de sí misma. Y de ese vestido.

Estaba sufriendo un ataque de nervios y necesitaba hacer algo para tranquilizarse. Solo unos minutos, no necesitaba más.

Hacer frente a lo inesperado era algo que a Cooper Larson se le daba bien. Para bajar pendientes en la tabla de nieve tenía que estar preparado para salvar cualquier obstáculo. La nieve era así: de condiciones perfectas podía pasar a ser un infierno en unos metros. Su capacidad de adaptación era una de las cualidades que le había hecho conseguir formar parte del equipo olímpico.

No obstante, de nada la valió su experiencia cuando entró en el vestuario que ocupaba la novia y vio a su futura cuñada de arriba abajo con las piernas casi desnudas en el aire.

La escena le resultó tan inesperada que tardó unos segundos en asimilar lo que estaba viendo. Al principio, lo único que vio fue un par de piernas. Le llevó medio minuto recorrer, a partir de los delicados pies, los kilómetros de piernas enfundadas en seda color crema, detenerse en unas ligas azules y bajar por los muslos hasta unas bragas color rosa con lunares blancos. Entonces, justo cuando creía que le iba a estallar la cabeza, se dio cuenta de que el montón de volantes del que salían las piernas era un vestido de novia del revés.

Sacudió la cabeza y volvió a mirar las piernas. Eran las piernas más bonitas que había visto en la vida. Las piernas de su futura cuñada.

Maldición.

Qué mala suerte.

Pero… ¿por qué estaba boca abajo? Fue entonces cuando la oyó.

–¡Ba da da da da!

¿Estaba cantando *Jesse's Girl*?

De no ser porque había reconocido la voz de Portia habría jurado que se había equivocado de iglesia. ¿Qué demonios era aquello?

–¿Portia?

Los volantes blancos se movieron y las piernas perdieron el equilibrio.

Cooper corrió para agarrarla. Quizá con demasiada energía, porque las piernas le golpearon el pecho y los pies le dieron en la cara.

–¡Aaaah!

–¡Demonios!

Cooper retrocedió, arrastrando a Portia al mismo tiempo.

–¡Suéltame! –gritó ella.

No iba a resultarle fácil dejarla en el suelo con cuidado de no hacerle daño. Dio otro paso atrás y ella volvió a darle patadas.

–¡Suéltame! –volvió a gritar Portia.

–¡Eso es lo que estoy intentando hacer!

–¿Cooper?

–Sí, soy yo.

Por fin, Cooper le rodeó la cintura con un brazo y consiguió darla la vuelta.

–¿Estás bien? –preguntó él.

Cuando Portia levantó la cabeza, vio que llevaba un par de auriculares y un iPod dentro de la pechera del vestido.

Portia se quitó los auriculares inmediatamente. Después se alisó la falda y le lanzó una mirada malhumorada.

–Claro que estoy bien. Mejor dicho, lo estaba. ¿Por qué no iba a estar bien?

–Estabas boca abajo.

–¡Estaba meditando!

–¿Con el vestido de novia?

Portia abrió la boca para contestar algo, pero vaciló, cerró la boca y frunció el ceño.

–Tienes razón –respondió ella antes de agarrar la falda del vestido y sacudirla.

El vestido no parecía en muy mal estado, pero Portia tenía todo el cabello revuelto. Lo que debía haber sido un complicado y exquisito laberinto de rizos recogidos en un moño, caía hacia un lado y un mechón dorado le colgaba por la frente. Además, tenía las mejillas encendidas y los labios húmedos y rosados.

Hacía dos años que conocía a Portia, y en todo ese tiempo era la primera vez que la veía tan desaliñada. Tan humana. Tan sensual.

Sí. Y, además, se le había grabado en la mente la imagen de las bragas rosas y los muslos desnudos. ¿Y qué eran esas cosas blancas en las bragas? Al principio le habían parecido lunares, pero al acercarse a ella para sujetarla se había dado cuenta de que eran gatos blancos. ¿No habrían sido imaginaciones suyas? ¿Sería posible que la estirada y fría Portia Callahan llevara el día de su boda unas bragas estampadas con cabezas de gatos blancos?

—¿Estabas meditando y cantando una canción pop de los ochenta? —preguntó él con incredulidad.

—Sí. No puedo… —Portia lanzó un suspiro—. Me ayuda a pensar.

Portia debía haberse dado cuenta de que tenía el pelo hecho un desastre, porque se agarró un mechón y se lo quedó mirando.

—¡No, no, no, no!

Portia dio un salto y corrió hasta el espejo. Se miró de un lado y de otro mientras continuaba exclamando:

—¡No, no!

Cooper no sabía qué hacer con una mujer en pleno ataque de nervios. Además, no lograba recuperarse de la sorpresa de que la mujer con el ataque de nervios era Portia. Hasta hacía cinco minutos, la había considerado una mujer tan fría como el hielo. Nunca se le habría ocurrido pensar que Portia pudiera verse presa del pánico. Ni que llevara bragas con gatos. No, mejor no pensar en la ropa interior de su cuñada. Ni en sus muslos.

Y a menos que quisiera tener que explicarle a Caro Cain por qué se había suspendido la boda, sospechaba que debía hacer algo para evitar el desastre.

Después de asegurarse de que la puerta estuviera cerrada con llave, se acercó a Portia y se colocó a sus espaldas.

La miró a través del espejo. Estaba tan histérica que no notó su presencia cuando le puso las manos en los hombros. Entonces, levantó la cabeza con los ojos azules llenos de lágrimas.

¿Cómo no había notado antes lo oscuros que eran los ojos de Portia?

Se metió las manos en los bolsillos, pero no encontró un pañuelo para darle, así que optó por sacar hacia fuera el interior del bolsillo de la chaqueta del traje y ofrecérselo.

–Toma –Portia se limitó a mirarle con el ceño fruncido–. Vamos, tranquilízate, todo va a ir bien.

–¿Tú crees? –preguntó ella.

–Sí, claro.

Portia se lo quedó mirando y, lentamente, esbozó una sonrisa.

–¿Es lo que piensas de verdad?

–Sí –esperaba que fuera cierto–. Es solo el pelo, ¿no?

No debió haber dicho eso, porque a Portia los labios le comenzaron a temblar.

–Lo que quiero decir es que tiene arreglo –Cooper trató de colocarle bien el moño–. Solo tienes que ponerte unas horquillas más y todo arreglado.

Portia alzó las manos.

–¡No me quedan horquillas!

–¿Cómo has conseguido hacértelo?

–Me lo han hecho en la peluquería.

–Ah –Cooper no le dijo que, en ese caso, no debería haberse puesto boca abajo–. Bueno, supongo que las horquillas que se te han caído deben estar en el suelo. Deja que eche un vistazo.

Después de un minuto de examinar el suelo, se incorporó con gesto triunfal.

—Cinco.

Portia seguía sentada delante del espejo, pero ya más tranquila. Y se había hecho algo en el pelo, parecía más… equilibrado.

—Bien, pásamelas.

Cooper le dio las horquillas y se la quedó observando mientras se las colocaba. Cuando hubo terminado, sus ojos se encontraron en el espejo.

—¿En serio crees que va a salir bien? —insistió ella.

—Sí, claro.

—No me refiero al peinado.

—Ya, te he entendido.

Cooper tragó saliva. ¿Qué sabía él de las relaciones de los demás?

—Sí, ya verás como todo sale bien —insistió él—. Dalton es un buen tipo. Hacéis una pareja perfecta.

Pero era mentira. Hasta ese día, había creído que Portia era la chica perfecta para Dalton. Pero ahora… La chica que tenía delante, que hacía meditación el día de su boda, que llevaba bragas rosas con gatos y que sufría ataques de pánico… Esa chica era distinta a como la había imaginado. Esa Portia era fascinante y sumamente atractiva. Y quizá Dalton no fuera el tipo adecuado para ella.

# *Capítulo Uno*

*Doce años después*

Portia Callahan quería que se la tragara la tierra.

Pero en vez de dejar que se la tragara la tierra, mantuvo el tipo en un pasillo que daba al salón de fiestas del hotel Kimball, donde tenía lugar la gala anual de la fundación La Esperanza de los Niños, mientras su madre la sermoneaba.

–¡Por favor, Portia! ¿En qué estabas pensando? –dijo Celeste, a punto de sacarla de quicio.

Portia lanzó un suspiro y reprimió las numerosas y lógicas respuestas que podía darle. «Estaba pensando en los niños. Trataba de hacer lo mejor para ellos». Pero se limitó a contestar lo que sabía que su madre quería oír:

–Me he equivocado, lo siento.

Lo que también era cierto.

Tres meses atrás, al visitar un instituto de un barrio pobre de Houston en nombre de la fundación La Esperanza de los Niños, no se había parado a considerar el revuelo que esa visita provocaría en la alta sociedad de Houston. Su intención había sido establecer contacto con los alumnos, animarles a aspirar a una vida mejor, más allá de un trabajo con un salario mínimo. Había pensado en ellos y en lo que necesitaban. No se le había pasado por la cabeza que el profesor que había sacado unas fotos de ella con los chicos las enviara a la fundación, ni que algunas de las fotos acabaran transformándose en fotomontajes que iban a aparecer en la gala aquella noche. Y, por supuesto, no se le había ocurrido que algunos miembros de la alta sociedad de la ciudad se sintieran sumamente ofendidos al ver fotos de ella jugando al baloncesto con chicos que habían sido miembros de bandas de delincuentes.

—Sí, Portia, te has equivocado. Esa foto… —Celeste suspiró.

Portia odiaba esa clase de suspiros de su madre. Eran suspiros que querían decir: «¡Cómo has podido hacerme esto! ¡No me merezco lo que me has hecho!».

—No es tan terrible —dijo Portia.

—Malo sería si fuera solo la foto —dijo Celeste—. Pero ahora que Laney está embarazada, todo el mundo tiene los ojos puestos en ti para ver cómo reaccionas, para…

—¿Laney está embarazada? —interrumpió Portia. Una náusea le subió a la garganta—. ¿Laney está embarazada?

Laney era la esposa actual de su exmarido.

En realidad, Portia no tenía nada contra Laney. Ni contra Dalton. Estaba encantada de que estuvieran enamorados y fueran felices. Sí, encantada. O, por lo menos, lo intentaba. Pero todo le resultaría más fácil de no parecerle que su vida se había estancado.

Y ahora… Laney estaba embarazada.

Dalton y ella habían tenido problemas de fertilidad. Al parecer, los problemas de Dalton se habían solucionado con su nueva esposa.

Portia se llevó una mano al estómago con la esperanza de contener las náuseas.

—Laney está embarazada —repitió Portia estúpidamente.

—Sí, lo está. Todavía no lo han anunciado, pero todos han notado que tiene abultado el vientre. La verdad, Portia, no comprendo cómo no te has dado cuenta. Todo Houston lo ha notado.

—Pues no, no he notado nada.

—Tienes que prestar más atención a lo que pasa a tu alrededor, a lo que se rumorea. Y, por el amor de Dios, intenta evitar proporcionar a todo Houston evidencia fotográfica de tu crisis existencial.

—¡No estoy en crisis!

Celeste la miró con irritación.

—Estamos hablando de una foto de ti con cinco miembros de una pandilla de delincuentes, uno de los cuales te mira al pecho y otro tiene la mano cerca de ti.

—Estábamos jugando al baloncesto. ¡Y el de la mano ni siquiera me tocó! Y además, mamá, estamos hablando de una simple foto. Hay cincuenta diapositivas que ilustran el extraordinario trabajo que está realizando la fundación. Y en una de ellas, solo en una, aparezco yo. No es ningún drama…

15

–Sí lo es –le espetó Celeste–. Y el hecho de que no te lo parezca solo demuestra lo ingenua que eres. Una mujer en tu situación...

–¿Mi situación? ¿A qué te refieres con eso?

–La posición de una mujer en la sociedad cambia cuando se divorcia. Tú misma has podido comprobar lo que le ha pasado a Caro. Por suerte, tú no lo has pasado tan mal como ella. De momento.

–Sí, Caro –dijo Portia sombría.

Después de haberse divorciado de Dalton, Portia había seguido manteniendo amistad con su suegra. Caro Cain no era una persona cariñosa, pero era más fácil de tratar que su propia madre. Y en estos momentos, Caro necesitaba a sus amigos. Divorciarse de Hollister Cain la había relegado al estatus de paria.

–¿Te haces idea de la cantidad de risas que ha provocado esa foto? –preguntó Celeste.

–¡Nadie le da importancia a esa foto, excepto tú! Celeste se le acercó un paso.

–El mundo es así. Deja de ser tan ingenua.

–No es una ingenuidad querer ayudar a los niños.

–Bien. Si quieres ayudar a los niños, le encargaré a Dede que organice algo.

–No necesito que la secretaria de prensa de papá organice una sesión de fotos para que yo salga en ellas.

–Muy bien. Si no quieres que te ayude, adelante. Haz muñecos con un niño con cáncer, por ejemplo. Pero, por el amor de Dios, aléjate de los delincuentes porque...

Pero Celeste no pudo continuar hablando, porque justo en ese momento una de las camareras pasó por su lado con una bandeja llena de copas de champán y, accidentalmente, se tropezó y derramó una de las copas en el vestido de Celeste.

Celeste dio un paso atrás, horrorizada.

La camarera se tropezó otra vez y, apenas había recuperado el equilibrio, cuando Celeste se volvió hacia ella.

—¡Cómo se puede ser tan patosa y…!

—Mamá, cálmate —dijo Portia, agarrando del brazo a su madre.

Celeste se zafó de ella y reanudó el ataque a la camarera.

—¡Haré que la despidan!

—Mamá, por favor, deja que me encargue de esto —dijo Portia nerviosa—. Ve al cuarto de baño y límpiate el vestido. El champán no deja mancha.

Celeste miró furiosa a la camarera, que le devolvió la mirada al tiempo que alzaba la barbilla.

Portia tiró de su madre hacia la puerta que daba al salón de fiestas.

—Vamos, yo hablaré con el supervisor de las chicas.

—Esa imbécil no debería trabajar en una fiesta de esta categoría —declaró Celeste.

Y, tras esas palabras, se dio media vuelta y se dirigió al baño.

Portia se acercó a la camarera. La joven parecía tener veintitantos años, llevaba el cabello corto a un lado y más largo al otro. Iba muy maquillada y tenía un pendiente en la nariz. Su mirada era beligerante.

17

—Me llamo Ginger. Lo digo por si va a ir a hablar con mi jefe.

Portia alzó una mano en señal de paz.

—Escuche, no voy a hacer que la despidan, pero le aconsejo que se mantenga alejada de mi madre durante el resto de la fiesta.

Ginger, sorprendida, parpadeó.

—¿No va a decirle nada a mi jefe?

—No. Ha sido un accidente.

—Sí, claro, un accidente. Gracias —dijo Ginger con aparente inocencia, pero sonrió maliciosamente al echar a andar hacia la puerta del salón de fiestas.

La sonrisa le resultó familiar a Portia.

—Eh, espere un momento. ¿Ha hecho eso a posta?

—¿Qué? ¿Tirarle el champán a su madre? ¿Por qué iba yo a hacer semejante cosa? —Ginger volvió a sonreír con malicia y Portia volvió a pensar que conocía a esa chica.

—No lo sé —admitió Portia clavando los ojos en las copas de champán—. Pero, ahora que me fijo, resultaría muy difícil derramar el champán de una sola copa sin tirar las demás.

—Bueno, ¿va a hacer que me despidan o no?

Portia suspiró.

—¿Por qué lo ha hecho?

—¿El qué? ¿Tirar champán encima de una persona que está insultando a su hija en público? —Ginger se volvió, como dispuesta a marcharse. Pero pareció pensarlo mejor y se detuvo antes de alcanzar la puerta, volviéndose de nuevo—. Oiga, ya sé que no es asunto mío, pero usted no debería permitir que le hablen así. Los miembros de una familia deberían tratarse mejor unos a otros.

—Sí, así es. Sé que mi madre puede llegar a ser insoportable y sé que no le importo demasiado. Pero respecto a este tipo de cosas, casi siempre tiene razón y yo, casi siempre, me equivoco. Si opina que a la gente no le van a gustar esas fotos, estoy segura de que así será.

—Pero es una tontería —respondió Ginger sacudiendo la cabeza—. ¿No le molesta que se pongan en contra suya por algo tan ridículo?

—Sí, me molesta, pero el mundo en el que yo vivo es así.

—A mí me da igual el mundo en el que usted vive. Su familia debería apoyarla pase lo que pase —la expresión de Ginger se ensombreció—. El mundo en el que usted vive es asqueroso.

A Portia le sorprendió la pasión de Ginger. Miró detenidamente a la chica y, de nuevo, le pareció que la había visto antes.

—¿Nos conocemos de algo? —preguntó Portia impulsivamente.

Ginger dio un paso atrás.

—No. No nos hemos visto nunca.

Antes de que Portia pudiera seguir haciéndole preguntas, la camarera se giró y desapareció tras la puerta del salón de fiestas.

Portia estaba convencida de que la conocía. Reconocía esa sonrisa y la expresión de los ojos.

De repente, Portia lo recordó y contuvo la respiración.

Esa camarera tenía los ojos del mismo color

que Dalton Cain. Y ahora que lo pensaba, también notaba otras semejanzas. La apasionada intensidad era típica de Griffin Cain mientras que la sonrisa era igual a la de Cooper. Ginger era una mezcla de los tres hermanos, su versión femenina. Sí, podría ser su hermana.

Portia conocía otro detalle: Dalton, Griffin y Cooper tenían una medio hermana. Los tres conocían su existencia, pero ninguno sabía quién era ni dónde estaba. Por improbable que fuera, ¿acababa ella de encontrar a la desconocida heredera?

Portia pasó el resto de la fiesta buscando a Ginger entre las camareras, pero parecía haber desaparecido.

Cuando por fin regresó a su pequeña casa después de la fiesta, ya había decidido hacer lo que fuera necesario por encontrar a la camarera. No porque le obsesionara encontrar a la chica, sino porque eso la distraería y así no pensaría en los cotilleos y habladurías que se estaban fraguando en torno a ella.

¿Por qué la gente se creía con derecho a chismorrear sobre ella solo por el hecho de que su exmarido iba a ser padre, o porque había salido en una foto jugando al baloncesto con unos adolescentes de clase baja? Muchas personas hacían cosas realmente terribles, y eso no parecía importarle a nadie.

Caro Cain también era víctima de la misma dinámica. Hollister Cain, su exmarido, había tenido un sinfín de amantes y no había pasado nada. Pero tras el divorcio, la gente hablaba mal de ella.

Pero tanto Hollister como Caro habían pagado un precio muy alto por las infidelidades de él. El año anterior, estando muy enfermo, Hollister había recibido una carta de una de sus amantes. Al parecer, dicha mujer, al oír que estaba al borde de la muerte, le había escrito para revelarle la existencia de una hija de la que él no sabía nada.

Quienquiera que fuese la persona que había escrito la carta, sabía muy bien lo manipulador que Hollister era. Era consciente de que no soportaría la idea de tener una hija a la que no conocía y no podía controlar.

Nada más recibir la carta, Hollister exigió a sus tres hijos que fueran a verle inmediatamente: Dalton y Griffin, sus hijos legítimos; y Cooper, el ilegítimo. Les había ordenado que encontraran a su hija y que la acogieran en el seno familiar. Y había prometido hacer heredero universal al hijo que la encontrara. Y si no la encontraban antes de que él muriera, dejaría toda su fortuna al Estado.

La búsqueda de su hija había destrozado a la familia y también su matrimonio. Y ahora, un año después, seguía sin conocerse su paradero.

No obstante, la salud de Hollister había mejorado considerablemente. La última vez que Portia lo había visto parecía tan amargado y malhumorado como siempre, pero su vida ya no corría peligro. Y seguía empeñado en encontrar a su hija.

Por lo que sabía, Dalton y Griffin habían descubierto que su hermana había nacido en el estado de Texas, pero eso no era una gran pista, teniendo en cuenta de que el estado de Texas contaba con casi treinta millones de habitantes.

Pero de toda la gente que Portia conocía, solo cinco personas tenían los ojos como Cain: Hollister y sus tres hijos; y, ahora, Ginger. La camarera tenía también la sonrisa traviesa de Cooper y la obstinación de Dalton. De aspecto, era una Cain.

Aunque, por supuesto, eso no era asunto suyo.

¿Y qué si había conocido a una camarera en un hotel de Houston que podría ser la hermana de Dalton?

Sin embargo, al pensar en Ginger, en su expresión desafiante y en lo que había dicho acerca de la forma como debían comportarse las familias, le salió el instinto protector. Algún día, quizá a corto plazo, alguno de los hermanos daría con su rastro. Su vida cambiaría por completo sin estar preparada para ello.

Ginger se iba a encontrar, de un día para otro, en un mundo cruel en el que cuestionarían, analizarían y criticarían su comportamiento. Un mundo en el que las madres humillaban en público a sus hijas y las divorciadas se veían marginadas si no lograban una considerable liquidación en la sentencia de divorcio. Un mundo de dinero y poder, un mundo también despreciable.

Pero quizá ella pudiera hacer algo para mejorar la situación.

# *Capítulo Dos*

De joven, en su familia, Portia había tenido fama de impulsiva, inquieta y temeraria, tendencias que había intentado erradicar los últimos quince años. Y lo había conseguido. Nadie que la conociera en el presente podía acusarla de ser impulsiva y temeraria.

Ya no se hacía tatuajes en las vacaciones de verano. Ya no se ponía boca abajo con ropa elegante. No, todo eso había quedado atrás.

Por lo tanto, una semana después de la gala de la fundación La Esperanza de los Niños, cuando hizo las maletas y se montó en un avión, fue para tomar unas vacaciones que había planificado. Al fin y al cabo, era comprensible que se fuera de vacaciones después de lo que había trabajado en la organización de la gala. Y la familia Callahan tenía una casa en el lago Tahoe que visitaba con frecuencia, así que no era porque no pudiera soportar los cotilleos; que, por cierto, no habían sido tan terribles. No, se trataba de unas vacaciones en toda regla.

Y si en vez de ir directamente paraba en Denver unas cuatro horas, era perfectamente normal. No le gustaban los vuelos largos ni los aeropuertos.

Y también era normal, en absoluto impulsivo, parar para hacer una visita a la única persona que conocía en Denver: su cuñado, Cooper Larson. Cooper, antaño famoso profesional en el deporte de la tabla de nieve, se había convertido en un hombre de negocios de éxito. Era el director ejecutivo y propietario de Flight+Risk, cuyas oficinas centrales estaban en Denver. Y posiblemente era también la única persona que podía ayudarle a desenmarañar la cuestión de la identidad de la heredera Cain.

Hacer una visita a Cooper no tenía nada de impulsivo ni de arriesgado. Era una acto inteligente por su parte. De los tres hermanos Cain, Cooper era el que menos empeño había puesto en encontrar a la desconocida hija de Hollister. Cooper no se jugaba gran cosa. Y también era, de los tres hermanos, el que más posibilidades tenía de saber de dónde era la joven. Hacer una visita a Cooper era algo lógico.

El edificio era, por fuera, una construcción antigua restaurada; por dentro, moderno y con un cierto aire informal, que combinaba bien con el negocio de equipo y accesorios para deporte de la tabla de nieve. Y encajaba con la personalidad de la oveja negra de la familia Cain.

Lo único que le pareció fuera de lugar fue la secretaria de Cooper. Había esperado una joven rubia y voluptuosa; sin embargo, se topó con la señora Lorenzo, según el nombre en la placa encima de la mesa. La mujer rondaba los cincuenta, sonreía sin ganas y su mirada era fría.

–¿Cómo ha dicho que se llama?

–Portia Callahan.

–Mmm –la señora Lorenzo la miró como si creyera que había mentido. Después, se volvió hacia el ordenador, movió el ratón y luego comenzó a teclear.

–Soy su cuñada –añadió Portia esperanzada.

La señora Lorenzo hizo una mueca.

–La cuñada del señor Larson se llama Laney Cain. Es una joven encantadora y esa joven no es usted.

Portia tragó saliva, el aire de superioridad de esa mujer la irritó profundamente. Además, no necesitaba decirle lo encantadora que era Laney.

–Soy su excuñada.

–Ya –la señora Lorenzo volvió a hacer una mueca de desagrado–. El señor Larson está en una reunión de negocios, fuera de aquí. ¿Quiere una cita para otro día?

Portia se miró el reloj. Si no se equivocaba, todavía disponía de dos horas antes de tomar un taxi para volver al aeropuerto.

–No, le esperaré aquí.

–Excelente –dijo la señora Lorenzo muy seria–. Cuando vuelva, le diré que está usted aquí.

Con un suspiro, Portia se sentó a esperar en la recepción. Agarró una revista de viajes y la hojeó.

Cooper era su excuñado. Llamarle para charlar era del todo comprensible. Había hablado por teléfono con él en numerosas ocasiones mientras estuvo casada con Dalton. También le había llamado después del divorcio para pedirle dinero para la

25

fundación. Pero en vez de telefonearle, había ido a verle en persona. ¿Por qué?

Miró a su alrededor y un súbito pánico se apoderó de ella. ¿Qué estaba haciendo ahí? ¿Por qué se tomaba tantas molestias por una chica que le era prácticamente desconocida? Todo eran especulaciones suyas basadas en un par de ojos azules.

Era ridículo. Absurdo. Completamente irracional.

Y por eso era por lo que había ido allí.

En los negocios, como en el deporte de la tabla de nieve, el talento y la preparación física eran fundamentales, pero también lo era la suerte. Una pena, ya que Cooper Larson no era una persona afortunada. Tenía ambición, tenía talento, era inteligente e incluso implacable. Pero no era afortunado.

No le importaba. La suerte no favorecía a todos, sino a unos pocos. No era algo que se pudiera controlar. Además, él prefería que su éxito se debiera al esfuerzo personal.

No obstante, cuando se trataba de reuniones importantes, como la reunión de directivos de la empresa que había convocado para el mediodía, no dejaba nada en manos del azar. La reunión iba a tener lugar en la sala de conferencias de un hotel, cerca de las oficinas centrales de Flight+Risk. Había pasado la mañana en el hotel, dando los últimos toques a la propuesta que iba a presentar a la junta directiva. Pero tenía tiempo suficiente de pasarse por la oficina y comer algo antes de regresar al hotel para la reunión.

Cuando llegó allí, descubrió que Portia le estaba esperando.

Se detuvo en el umbral de la puerta y se la quedó mirando unos segundos.

–¿Portia? –preguntó tontamente–. ¿Qué haces aquí?

Ella se puso en pie y, nerviosa, le miró.

–Pasaba por Denver… y quería hablar contigo.

Cooper clavó los ojos en ella e, inmediatamente, notó las profundas ojeras. Apenas la había visto desde el divorcio… no, apenas la había visto desde la boda. Pero la conocía lo suficiente como para darse reconocer en ella los signos de estrés.

A pesar de que no disponía de tiempo, le indicó su despacho.

–Sí, claro. Ven.

Antes de conducirla allí, se dirigió a su secretaria.

–No me pase ninguna llamada.

–Señor, ¿quiere que dentro de una media hora le avise?

Siempre podía contar con la buena de la señora Lorenzo para obligarle a cumplir con su agenda.

–Dentro de veinte minutos –respondió Cooper sonriendo.

Si se saltaba el almuerzo, le daría tiempo para volver al hotel.

Condujo a Portia a su despacho y le indicó una de las sillas mientras veía con placer su movimiento de caderas. Portia tenía la clase de físico femenino que a él le gustaba: alta y delgada. Ese día llevaba el rubio cabello recogido en una cola de caballo, pantalones vaqueros ceñidos, camiseta blanca y suéter marrón.

Él, por su parte, no se sentó detrás del escritorio, sino encima, en una esquina. No le gustaba estar mucho tiempo sentado a la mesa de despacho, le recordaba los pupitres del colegio. Y, además, iba a pasar horas sentado durante la reunión de directivos.

—Bueno, ¿qué te cuentas? —le preguntó a Portia después de que se sentara.

Pero Portia se puso en pie de nuevo antes de contestar.

—Creo que he encontrado a vuestra hermana.

—¿Qué?

—Que creo que he encontrado a la hermana que tanto Dalton como Griffin andan buscando como locos. Vuestra hermana. La he encontrado.

—¿Qué? —repitió Cooper con el ceño fruncido. La noticia le había dejado tan sorprendido que era incapaz de reaccionar—. No sabía que tú también la estuvieras buscando.

—¡Yo no la estaba buscando! —Portia comenzó a pasearse por la estancia y continuó—: Estaba en una gala para recaudar fondos para la fundación La Esperanza de los Niños. Por casualidad, conocí a la chica que creo que es vuestra hermana. Debe tener unos veintitantos años y lleva el pelo color rojo, pero estoy segura de que es teñido. Pero, sobre todo, tiene vuestros ojos, los ojos Cain.

Cooper alzó la mirada, clavándola en el techo, y se tranquilizó.

—¿Los ojos Cain? ¿Eso es lo que te hace creer que la has encontrado, que tiene los ojos azules?

Al otro lado de la estancia, Portia se detuvo, justo delante de una estantería que cubría una pared con libros que el decorador había elegido y que él nunca había leído. Tenía la sensación de que Portia no estaba leyendo los lomos de los libros, sino haciendo acopio de valor antes de darse la vuelta de cara a él.

Portia alzó la barbilla y frunció el ceño.

—Hablo en serio.

—Portia, el diez por ciento de la población tiene los ojos azules. No todos son Cain. Ni siquiera Hollister ha tenido tantas amantes.

Frustrada, Portia soltó el aire que había estado conteniendo.

—Oye, hay cosas que se le dan mejor a las mujeres que a los hombres. La fisonomía es una de ellas, incluido el color de ojos. Créeme, Cooper, el azul de ojos de los Cain es muy especial. Pasé años viendo los ojos de Dalton. Reconocería ese color en cualquier lugar. Y te aseguro que no he visto ese color en ninguna otra persona, a excepción del resto de los hijos de Hollister. Esa chica, la chica que vi en la gala, es vuestra hermana. No puedes quedarte cruzado de brazos.

Cooper cambió de postura y se la quedó mirando.

Portia era un verdadero enigma. La mitad del tiempo parecía una fría y serena princesa; no, más de la mitad del tiempo, el ochenta o quizá el noventa por ciento. Pero había visto otra vertiente de Portia y sabía que había algo escondido bajo esa fachada de princesa de hielo que la mayoría de la gente veía. No podía olvidar el día de la boda, cuando la vio boca abajo. Cada vez que la tenía delante pensaba en esas largas piernas y en las bragas rosas con gatos estampados. Un hombre nunca olvidaba una cosa así. No podía olvidar el súbito deseo que se apoderó de él, ni siquiera después de los diez años que esa mujer había estado casada con su hermano.

Pero Portia ya no estaba casada con Dalton. Estaba ahí, en su despacho, a mil quinientos kilómetros de su casa, contándole algo que perfectamente podía haberle contado a Dalton.

¿A qué se debía?

Se pasó una mano por la mandíbula.

—Está bien, supongamos que esa chica es nuestra hermana. ¿Por qué has acudido a mí y no a Dalton?

Podía haber llamado a Dalton, él era su exmarido. Se habían divorciado civilizadamente. Pero ¿quién sabía cómo se lo había tomado ella realmente? El hecho de que hubiera mantenido el contacto con Caro y con Hollister no significaba que quisiera que Dalton ganara el reto lanzado por su padre y heredara las empresas Cain.

—Disculpa lo que he dicho, ha sido una estupidez. Comprendo que no quieras ofrecerle todo ese dinero en bandeja de plata. Pero ¿por qué no has acudido a Griffin?

30

—A Griffin no le caigo especialmente bien. No me creería. Pero la verdad es que no he acudido a él por la misma razón que no he llamado a Dalton.

—¿La misma razón? Cielos, ¿también has estado casada con Griffin?

Portia pareció confusa. Después, sacudió la cabeza.

—Muy gracioso. Y, aunque no soy una forofa de Dalton, no es por eso por lo que no le he llamado.

—Entonces, ¿por qué?

—Porque Dalton está desesperado por conseguir ese dinero —declaró.

—¿Quieres decir que no puedes decirle que has encontrado a la chica porque él quiere encontrarla? —preguntó Cooper pronunciando las palabras muy despacio, mientras trataba de entender la lógica de Portia.

—¡Exacto! Piénsalo: si no se encontrase a la chica antes de que le ocurriera algo a Hollister, las empresas Cain se verían metidas en un serio problema. Si las acciones de Hollister pasaran a ser propiedad del Estado, lo más seguro sería que el Estado las sacara a subasta y que la mayoría de ellas se las quedara la competencia. Las empresas Cain acabarían viniéndose abajo. Y aunque Dalton no trabaja en la empresa de la familia, estoy segura de que no querría que ocurriera eso. Ha trabajado como un esclavo para la familia durante años, aunque ahora tenga otro trabajo. Las empresas Cain siguen siendo importantes para él, y siempre hará lo que sea mejor para la empresa. Vuestra hermana, en sí, no le importa.

–¿Quieres decir que no se lo has contado a él porque estás preocupada por la chica?

–Exactamente. Alguien tiene que velar por los intereses de esa pobre chica.

Cooper arqueó una ceja.

–¿Esa pobre chica? Si tienes razón y has encontrado a nuestra hermana, esa pobre chica va a heredar millones de dólares. Quizá mucho más dinero del que haya podido soñar. No, nadie la consideraría una pobre chica.

Portia pareció vacilar y después sonrió débilmente.

–Quizá lo de pobre no haya sido muy acertado. Pero estoy segura que comprendes que si Dalton o Griffin la encontraran lo iba a pasar bastante mal.

–¿Qué quieres decir exactamente con eso?

–Que los Cain viven en un mundo de riqueza y poder inimaginables para la mayoría de la gente. Tanto tú como yo sabemos que, si no estás preparado para desenvolverte en ese mundo, te devorará. Esta chica… no tiene dinero.

–¿Cómo sabes que es pobre? –preguntó él con una mueca burlona–. ¿Te basas en su forma de vestir o en lo que te dijo mientras contemplabas sus especiales ojos azules?

–Muy gracioso. Pero yo sé lo que me digo. La chica es una camarera con el pelo teñido de rojo y un pendiente en la nariz.

–¿Crees que los chicos ricos no se rebelan? Porque deja que te diga una cosa: he ganado un montón de dinero con una empresa dedicada a chicos ricos rebeldes.

–Justo. Cuando un chico rico se rebela, se va a Utah a hacer deporte con una tabla de nieve, pero no se va a trabajar de camarero a un hotel. Los que trabajan de camareros es porque lo necesitan.

Portia no se equivocaba en eso, admitió Cooper. Quizá la ayudara, aunque todo eso no fuera asunto de ella. Pero siempre le había caído bien Portia; bueno, en realidad, se trataba de algo más que de caerle bien. Y ahí radicaba el problema. No era apropiado que a uno le gustara su cuñada más de lo debido. Aunque, en realidad, ya no era su cuñada.

Al margen de lo que sintiera por Portia, le resultaba difícil mostrar demasiado entusiasmo en ayudarla porque sabía que el principal motivo por el que Portia le estaba pidiendo ayuda era porque él no encajaba en su mundo.

–No puedo decirle a Dalton cómo encontrarla –dijo Portia–. Él no dudaría ni un segundo en lanzarla a nuestro mundo sin antes prepararla. Y no lo digo porque le considere un cretino. Pero lo cierto es que, para Dalton, los negocios son lo primero. No se pararía a pensar qué es lo que la chica necesita.

–¿Y crees que yo sí?

Portia se encogió de hombros.

–Creo que conoces el ambiente del que procede la chica mejor que tus hermanos. Como mucho, es de clase media. No sabría lo que la espera. Es vulnerable y no está preparada…

–Sí, ya lo has dicho –Cooper interrumpió a Portia. ¿Era así como le había visto la gente cuando fue a vivir con la familia Cain?–. Aunque no creo que sea para tanto. Supongo que sabe ir al baño sola, ¿no?

Portia le lanzó una mirada llena de irritación, pero parecía más exasperada que enfadada.

–Solo estoy intentando protegerla.

–Muy bien, pues patrocínala o lo que quieras. Pero esto no tiene nada que ver conmigo.

–Si no me equivoco, y es la hija de Hollister, también es tu hermana. Yo diría que tiene mucho que ver contigo –Portia ladeó la cabeza ligeramente y se lo quedó mirando–. Además, no me creo que no te interese en absoluto ganar y conseguir lo que ni Dalton ni Griffin lograrían. Y estamos hablando de mucho dinero.

Una profunda y desagradable sensación se le agarró al estómago. Odiaba que lo manipularan. Justo lo que llevaba años haciendo Hollister.

Cooper se puso en pie.

–Me importa un bledo el dinero de Hollister. Siempre me ha dado igual. Si me hubiera importado, estaría trabajando en las empresas Cain en vez de tener mi propia empresa.

–Está bien. Si no quieres el dinero, dónalo. O dámelo a mí.

–Tú necesitas el dinero tan poco como yo.

–Por favor, Cooper…

–¿Por qué? ¿Por qué te importa tanto esa chica? Portia volvió a alzar la barbilla.

–Porque los miembros de una familia deberían tratarse con respeto los unos a los otros.

–Tú ya no eres parte de la familia.

34

Portia se quedó muy quieta y, de repente, una expresión de certeza asomó a sus ojos.

–Tienes razón, ya no soy miembro de vuestra familia. Pero lo fui durante diez años y sé lo duros que podéis llegar a ser. Tuve que luchar con uñas y dientes hasta lograr que Caro me aceptara y me tratara con respeto. Jamás conseguí ganarme a Hollister y, al final, dejé de intentarlo. Es un hombre muy duro… y cruel. Y aunque quiero a Caro como a mi propia madre, me sorprendería mucho que recibiera a la chica con los brazos abiertos. Además, ¿por qué iba a hacerlo, teniendo en cuenta cómo la ha tratado Hollister con lo del divorcio?

Portia respiró hondo, como si así quisiera calmarse y controlar sus emociones, y añadió:

–Esta chica es tu hermana. ¿Es que no quieres ayudarla?

¿Quería ayudar a esa chica? ¿A una desconocida que podía ser su hermana? Lo cierto era que no lo sabía.

Los líos de la familia no le interesaban. En absoluto.

Le daba completamente igual lo que ocurriera con la empresa o lo que le pasara a Hollister. No eran problemas suyos. Y, además, no se creía la mitad de lo que Portia le estaba contando.

La miró con fijeza y dijo:

–Bueno, basta de andarte con rodeos. ¿Qué es lo que realmente quieres?

Portia parpadeó.

–¿Qué dices?

—Vamos, déjate de cuentos. Has venido aquí a suplicarme que te ayude... ¿y esperas que me crea que lo haces por una cuestión de lealtad familiar y por una chica con la que apenas has pasado cinco minutos?

Había esperado alguna reacción por parte de ella, pero Portia era muy fría cuando quería serlo. Y, por tanto, respondió con frialdad y serenidad, sin perder la calma.

—De acuerdo. ¿Quieres un motivo? Muy bien, a ver qué te parece esto: tú no quieres el dinero, así que espero que me lo des a mí.

Cooper se la quedó mirando. Notó la dureza de su mirada, la obstinación en su expresión, y estuvo a punto de creerla. Pero no del todo.

—Bien —respondió él, y esperó a que Portia continuara.

Ella alzó la barbilla un poco más.

—Verás... tras el divorcio me he quedado sin blanca. Necesito dinero.

—¿Eres pobre?

—Sí, completamente.

—No me trago ese cuento.

Portia frunció el ceño e hizo una adorable mueca con la boca.

—Lo digo en serio.

—No. Cuando Dalton y tú os casasteis, Hollister me dijo que tus abuelos paternos te habían dejado más de quince millones de dólares. Sé que Dalton no tocó ese dinero. Así que... ¿esperas que me crea que te has pulido quince millones en dos años?

Portia suspiró.

–¿No te parece que podría haber tirado el dinero?

–No. Pero sí creo que podrías querer el dinero. ¿Por qué?

Portia volvió a fruncir el ceño y él se dio cuenta de que estaba intentando decidir qué contarle. Por fin, Portia respondió:

–¿Has hablado con Caro últimamente?

–¿Con Caro? –preguntó Cooper, sorprendido por el giro de la conversación–. No. ¿Por qué?

–Porque las cosas no le van bien desde el divorcio. Ni en lo personal, ni en lo social, ni económicamente. Y se me ha ocurrido que… si tú no quieres el dinero, podríamos darle a ella al menos una parte.

–¿Caro necesita dinero? –entonces, Cooper lo pensó mejor–. Sí, no me extraña. Hollister es un desgraciado y debe haberla dejado sin nada. ¡Dios mío! ¿Lo saben Dalton y Griffin?

–Creo que no lo sabe nadie. Hace un tiempo que Caro y yo estamos bastante unidas, pero ni si quiera a mí me lo ha reconocido. Además, ni Dalton ni Griffin están muy contentos con ella.

–Sí, supongo que tienes razón –concedió él. La misteriosa carta sobre la hija desconocida de Hollister había trastocado sus vidas. Ni a Dalton ni a Griffin les había sentado muy bien que la carta que Hollister recibió no hubiera estado escrita por una amante despechada, sino por su propia y enfadada esposa–. Hollister la destrozó en el juicio, y ella tiene demasiado orgullo para decirles a sus hijos que necesita ayuda económica. Pero ¿por qué crees que aceptaría dinero mío?

—Sé que tampoco tú le tienes mucho aprecio, pero...

—Yo no tengo problemas con Caro —se apresuró a añadir Cooper—. Nunca los he tenido.

—Ah. Yo suponía que...

Era una suposición justificada adjudicar a Caro el papel de pérfida madrastra. Pero ellos dos no eran enemigos y él no quería verla viviendo bajo un puente.

—Caro y yo nos llevamos bien —declaró él—. Pero no creo que aceptara mi dinero.

—Puede que lo aceptara si supiera que el dinero procede de Hollister. Él la trató muy mal, no creo que a ella le importara tomarse una revancha —Portia adoptó una expresión decidida—. Creo que podría convencerla.

Lo que a él le dejaba como al principio: no tenía tiempo para participar en eso.

—Escucha, no se trata de que quiera o no quiera ayudarla. No dispongo de tiempo. No es mi problema.

—Pero Caro...

—Mira, puedo ayudar a Caro sin necesidad de ponerme a buscar a esa chica —y la ayudaría, pero no en ese momento. Se miró el reloj—. Tengo una reunión y se me está haciendo tarde. Lo siento, Portia.

Lanzó una mirada a Portia: perfecta, inmaculada e intocable. Era tan guapa que casi dolía mirarla. Y otras veces su belleza parecía muy frágil.

Durante los diez años que Portia había estado casada con su hermano, se había mantenido alejado de ella por ser lo correcto. Ahora que Portia estaba disponible, tenía otros motivos por los que mantener las distancias. No pertenecían al mismo mundo. De pequeño había aprendido lo que significaba ser un marginado en ese mundo, lo que significaba ser el hijo bastardo de Hollister Cain: querer una cosa, ir a por ella y recibir un manotazo.

Sí, sabía lo que significaba querer algo que no se podía alcanzar.

Y también sabía que esa hermana desconocida lo iba a pasar muy mal hasta adaptarse. Pero también sabía que nada que él pudiera hacer le iba a facilitar las cosas. Esa chica tendría que arreglárselas por sí misma, como había hecho él.

–Tiene tu sonrisa –dijo Portia–. Por si te interesa.

–Si cuenta con tu apoyo, todo le irá bien.

Tras esas palabras, Cooper salió del despacho, dando por terminada la conversación. Su futuro dependía del resultado de la reunión a la que se dirigía. No quería tener nada que ver con el drama familiar. No necesitaba una hermana. Y menos aún la tentación que Portia representaba.

# Capítulo Tres

Tres horas después, Cooper, sentado a la mesa de la sala de conferencias, veía truncarse sus sueños.

La junta directiva había votado que no.

Nueve de los doce miembros de la junta habían votado en contra de que Flight+Risk entrara en el negocio hotelero. El instinto le decía que les iría bien; pero, al parecer, a los miembros de la junta les había parecido una medida fiscalmente irresponsable en esos momentos.

Ahora, mientras los miembros de la junta salían de la sala de conferencias del hotel, apenas se atrevían a mirarle. Lo que no le molestaba, ya que tenía miedo de saltar por encima de la mesa y darle un puñetazo en la cara a Robertson. Ese cretino de sesenta y pico años tenía mucha experiencia en el área comercial, pero carecía de imaginación. Se había opuesto a su plan desde el principio, pero él había creído que los demás miembros de la junta le apoyarían. Evidentemente, se había equivocado.

Con la mirada fija en los papeles que tenía delante, se quedó sentado a la mesa hasta que creyó estar solo. Cuando alzó el rostro, vio que dos de los miembros de la junta permanecían en la sala:

Drew Davis, el otro miembro de la junta que practicaba la tabla de nieve; y Matt Ballard, el director del Departamento de Tecnología de FJM, una empresa de energía renovable asentada en la bahía de San Francisco, y buen amigo suyo.

—Te han destrozado, amigo —dijo Drew.

—No me han destrozado —respondió Cooper sin convicción.

—Te han hecho polvo y…

—No. Acabaré convenciéndoles.

Se jugaba mucho. Flight+Risk era su empresa y fabricaban los mejores artículos de deportes de invierno: las mejores tablas de nieve, los mejores anoraks, la mejor ropa térmica. Sabía que era lo mejor porque casi todo lo diseñaba él mismo y exigía perfección, también porque los profesionales de la tabla de nieve utilizaban el equipo que él fabricaba.

Era un perfeccionista, tenía ambición y trabajaba duro, eso era lo que le había hecho triunfar en el mundo de los negocios.

En ese caso, ¿por qué la junta directiva no le había apoyado?

—¿Cómo te propones convencerles? —preguntó Matt acomodado en su silla.

Nada más acabar la reunión, Matt había sacado su ordenador portátil y ahora tecleaba. Era una de esas personas que podía hacer varias cosas a la vez. Quizá porque era un genio. Había sido el primer inversor de Flight+Risks y, con los años, se habían hecho buenos amigos.

Pero no mejoraba el estado anímico de Cooper

que los otros dos miembros que habían votado a favor de su propuesta fueran sus dos mejores amigos. Los consideraba votos de amistad.

Miró primero a Drew y luego a Matt.

—No vais a decirme que estáis de acuerdo con Robertson en que invertir el dinero en otra fábrica es una mejor inversión, ¿verdad?

—No es que sea mejor, es menos arriesgado —contestó Drew.

—Mi plan no es arriesgado —dijo Cooper obstinadamente.

—Tú idea es invertir cuarenta millones en esto —dijo Drew—, lo que significaría ramificar demasiado la empresa. Es natural que la junta se haya negado.

—La empresa tiene las finanzas en buen estado, y solo sería durante los próximos dieciocho meses. La zona que he elegido es perfecta, ya hay un hotel…

—Sí, un hotel viejo y cutre —interpuso Matt.

—De acuerdo, hay que restaurarlo, pero el ingeniero dijo que la construcción era sólida —el hotel que había encontrado, Beck´s Lodge, estaba viejo y no daba beneficios, pero él sabía que podía transformarlo en algo extraordinario—. La nieve allí es perfecta. Tan pronto como se inaugurase el hotel, ganaríamos dinero a espuertas. Sabéis que tengo razón.

—Sí —dijo Drew—, yo creo que tienes razón. Pero a la junta le importa más lo que piense la Bolsa.

—Ramificar el negocio no es el problema —declaró Matt sin levantar la vista del ordenador.

Drew y Cooper clavaron los ojos en Matt.

–¿Qué? –dijo Drew.

–En ese caso, ¿cuál es el problema? –preguntó Cooper.

–Es un problema de percepción –Matt alzó el rostro–. Cooper, tienes fama de que te gusta arriesgar. Un ejemplo perfecto es el incidente con aquella modelo después de los juegos olímpicos, que te ganó una buena reprimenda. Además, todo el mundo sabe que la empresa casi se fue e pique en los primeros dos años, y habría fracasado de no ser porque tú inyectaste dinero propio para mantenerla a flote.

–¿Quieres decir que la junta no ha votado en contra de mi idea sino en contra de mí?

–La clase de riesgos que a ti te gusta correr aterra a los inversores –declaró Matt encogiéndose de hombros.

–Esa clase de riesgos dan sus frutos.

–No tantos.

–Claro que sí. Han dado inmensos beneficios.

–Sí, pero después de estar al borde del fracaso total. Has tenido mucha suerte hasta ahora, pero la suerte no dura toda la vida.

–¿Quieres decir que todos esperan que esta vez me toque fracasar?

–Sí.

–Pero este negocio no es arriesgado. Cuando acabara de restaurar el hotel, los mejores profesionales de la tabla de nieve estarían allí. Si fuera un jugador de golf y estuviera construyendo un campo de golf, la gente haría cola para invertir.

—Es posible —Matt volvió a encogerse de hombros y, de nuevo, clavó los ojos en la pantalla del ordenador—. Pero el golf es distinto, es un deporte de ricos. Tú eres solo un profesional de la tabla de nieve.

¿Solo un profesional de la tabla de nieve?

Eso sí le enfadó. Sabía que no había sido la intención de Matt insultarle, pero resultaba difícil no sentirse ofendido.

Porque aunque Matt no pensara eso personalmente, sabía que mucha gente lo pensaba, al margen de que hubiera dirigido la empresa durante muchos más años de los que había sido un deportista profesional. Había ganado más dinero que el que podría gastar en toda la vida, y lo había conseguido con su propio esfuerzo, nadie se lo había dado y no lo había heredado. Y jamás había tomado una decisión respecto al negocio que no le hubiera otorgado beneficios.

Pero daba igual. La cuestión era que la junta no se fiaba de él. Le consideraban un bala perdida solo porque había dejado la universidad para dedicarse a un deporte de nieve. Pensaban que no conocía el mercado porque había tenido que trabajar para estar donde estaba, porque se había negado a utilizar los contactos de la familia Cain. Nunca había querido que nadie le regalara nada solo por ser hijo de quien era, y no presumía de su linaje. Ni siquiera había adoptado el apellido de su padre, a pesar de haberse ido a vivir con Hollister y Caro tras la muerte de su madre. Y nunca hablaba de su padre ni de la familia.

¿Habría fracasado en aquella reunión de haber recordado a los miembros de la junta quién era su padre? Probablemente no.

No era justo.

Pero daba igual, la vida no era justa.

Al levantar los ojos sorprendió a sus dos amigos intercambiándose una mirada de preocupación, como si temieran que su prolongado silencio se debiera a estar pensando en la forma de deshacerse de Robertson. Y así era, pero no como creían sus amigos que iba a hacer.

Cooper sonrió y se puso en pie.

—Bueno, no pasa nada.

Drew también se levantó.

—¿Te encuentras bien?

—Sí. Es hora de poner en marcha el plan B.

Matt arqueó las cejas.

—¿En serio? Porque en una ocasión te oí decir que los planes B son para los perdedores, para los que no consiguen lo que quieren a la primera.

—Está bien, llamémoslo Plan Dos Punto Cero.

Matt cerró el portátil y también se levantó.

—¿Y qué plan es ese?

—Voy a convencer a la junta directiva de que mi plan no es arriesgado. Voy a convencerles de que conozco bien el mercado.

—Han votado en contra del proyecto, habría que someterlo a una nueva votación —observó Matt.

—Creo que me he precipitado en someterlo a votación. Pero conseguiré lo que me propongo, ya lo veréis.

—¿Cómo? —preguntó Drew.

—Voy a contratar a un experto.


Portia perdió el vuelo a Tahoe y tuvo que posponerlo para el día siguiente. La aerolínea había sacado su maleta del avión y ella había conseguido que se la enviaran al hotel. No fue tan malo como podía haber sido.

Iba a pasar la noche en un hotel en Denver, cerca de la empresa de Cooper. Por la mañana, reservaría otro vuelo a Tahoe. En esos momentos, le iban a llevar a la habitación un pastel de chocolate y una botella de vino tinto.

Sí, al día siguiente comenzaría sus vacaciones. Pasaría dos semanas ella sola en la cabaña que sus padres tenían a las orillas del lago Tahoe. Leería la docena de libros que había cargado en su tableta. Vería películas. Haría yoga. Todo muy relajante.

Pero, de momento, no estaba relajada. No paraba de darle vueltas en la cabeza al asunto de la camarera del hotel Kimball.

La verdad era que nunca había pensado en la hija desconocida de Hollister ni le había importado si la encontraban o no. Sin embargo, al encontrarse con ella de casualidad, se había quedado preocupada. Sabía mejor que nadie lo bestia que podía ser Hollister. Desde luego, distaba mucho de ser el suegro ideal. Sus años de casada con Dalton, Hollister no había dejado de criticarle. Y la situación había empeorado con el tiempo porque ella no había podido quedarse embarazada.

Dalton la había defendido contra su padre. Y también lo había hecho Caro, por eso se habían hecho amigas. Al principio, el comportamiento de Hollister le había hecho mucho daño, pero pronto se dio cuenta de que no Hollister no se portaba así solo con ella, sino con todo el mundo. Era un cretino.

¿Qué pasaría con Ginger?

Parecía una chica fuerte. Pero ¿se sabría defender de gente como Hollister? ¿Se daría cuenta de que cualquier muestra de debilidad atraería a las pirañas? ¿Sabría protegerse de gente que fingiría ser su amiga para luego darle una puñalada por la espalda?

Sí, Cooper tenía razón, eso no era asunto suyo. Pero no podía evitar estar preocupada por la chica. Había contado con que Cooper la encontrara, pero él se había negado, dejándola en la estacada. No se le ocurría otra manera de ayudar a la chica y, de paso, a Caro. Aunque, quizá, si acudiera a Dalton…

Estaba convencida de que, si encontraban a la chica, la vida de esta cambiaría para siempre, y no necesariamente para bien. Pero ¿qué podía hacer ella? Por supuesto, no decir a nadie que la había visto no era una opción. Maldito Cooper por haberse negado a ayudarla.

En ese momento, alguien llamó a la puerta. Se alegró de que le llevaran el chocolate que había pedido, lo necesitaba.

Pero cuando abrió la puerta, no se encontró delante a un camarero, sino a Cooper.

Llevaba el mismo traje que había llevado en la oficina, pero se había quitado la corbata y la chaqueta del traje estaba arrugada.

–Hola, necesito un favor –dijo él a modo de saludo.

–No eres un pastel de chocolate –murmuró ella.

Cooper parpadeó y la miró sin comprender. Después, esbozó una sonrisa.

–Que yo sepa, no.

–He pedido que me traigan pastel de chocolate con caramelo por fuera.

Menos mal que no había mencionado la botella de vino.

Hacía dos horas que Cooper le había enviado un mensaje al móvil diciéndole que se pasaría por el hotel para hablar con ella y le había preguntado el número de su habitación; pero como no se había presentado, había supuesto que Cooper ya no iba a ir.

–¿Puedo entrar? –le preguntó.

Portia se hizo a un lado para dejarle pasar. Cooper entró en la habitación y cerró la puerta.

La clientela de aquel hotel, en su mayoría, era gente de negocios, por eso las habitaciones tenían una pequeña zona de estar y cocina. Antes de que Cooper llamara, ella había estado a punto de sentarse en el sofá a ver una película, un drama romántico que ya había visto. El título de la película se veía en la pantalla del televisor. Se acercó al aparato y lo apagó, avergonzada de que Cooper viera la película que había elegido. La próxima vez elegiría una película de acción.

Volvió la cabeza y sorprendió a Cooper mirándola fijamente.

–¿Qué pasa? –preguntó ella.

–Nada –Cooper volvió a sonreír–. Creo que nunca te había visto tan…

Pero no acabó la frase, parecía como si no tuviera idea de cómo describir su apariencia física.

Portia se miró. Los pantalones de yoga y la camisa de chándal era la ropa menos elegante que poseía.

–No voy a disculparme por no ir mejor vestida. Eres tú quien ha venido a verme, quien me ha enviado un mensaje diciendo que querías hablar conmigo.

–No estoy criticándote. Estás adorable.

Vio un brillo de humor en los ojos de Cooper. Humor y algo más. Algo que le causó un hormigueo en el estómago.

¡Qué guapo era! ¡Qué atractivo! Atractivo sin refinamiento. Atractivo estilo duro, como las zonas agrestes en las que había hecho deporte de nieve. Pero también tenía sentido del humor.

Portia alzó los ojos al techo.

–Deja de dorarme la píldora. Dime qué quieres y luego déjame tranquila con mi pastel de chocolate.

–Todavía no te lo han traído –observó él.

–Exacto. Así que tienes tiempo para decirme lo que sea hasta que me lo traigan; después, te echaré a patadas.

–En ese caso, será mejor que te lo diga rápidamente.

Y lo hizo. Rápida y apasionadamente.

Durante dos minutos, Cooper le contó que quería comprar y restaurar un hotel en el sur de Utah. Habló poéticamente de la calidad de la nieve polvo y de la carencia de hoteles de lujo en la zona. Habló de un mercado sin explotar. Ella se había sentado en el sofá, sobre las piernas, agotada de verle pasearse por la estancia.

Cooper seguía hablando cuando llamaron a la puerta.

Portia se levantó.

—Mi pastel de choco...

Cooper se plantó delante de ella y le agarró un brazo.

—Espera, no he terminado.

—Pero mi...

—Has dicho que me dejabas hablar hasta que te trajeran el pastel —Cooper sonrió travieso—. Todavía no está en la habitación. Concédeme treinta segundos más.

—Mira, siento mucho que la junta directiva no aprobara tu proyecto. Parece muy bueno. Pero no sé qué tiene que ver conmigo.

—Quizá los de la junta tengan razón, quizá yo no conozca bien el mercado de los hoteles de lujo. Yo solo soy un tipo de Denver al que se le da bien la tabla de nieve. Pero tú sí conoces el mercado y quiero que vayas a ver el hotel y que me digas si, en tu opinión, merece la pena o no transformarlo en un lugar para ricos.

—Yo no conozco en absoluto el mundo de la hostelería.

–Ni yo. No te estoy pidiendo que regentes el hotel, solo tu opinión. Tú te has criado en el mundo de los ricos y…

–Cooper, tú también –dijo ella.

–No. Yo solo tenía dinero durante las vacaciones de verano. Cuando estaba haciendo el bachiller pasé dos miserables años viviendo con los Cain. Pero nunca me integré. Tú misma dijiste esta mañana que soy la persona indicada para encontrar a la chica porque sé lo que es ser un marginado. Sin embargo, tú has vivido en este mundo desde que naciste y no conozco a nadie que tenga mejor gusto que tú. Y…

Volvieron a llamar a la puerta y Cooper alzó la mano, como para detenerla.

–¿Crees que impedir que me coma el pastel de chocolate va a ayudar a tu causa?

Después de que el camarero se hubiera marchado, Portia se volvió y sorprendió a Cooper mirándola con expresión traviesa.

–Si me ayudas a convencer a los de la junta a que accedan a comprar Beck´s Lodge yo te ayudaré a encontrar a mi hermana. Me tomaré libre una semana entera para ayudarla a acoplarse. No, un mes –Cooper arqueó las cejas–. ¿Qué me contestas?

–¿Yo te ayudo y tú me ayudas?

–Exacto.

Los latidos del corazón se le aceleraron. ¿No era eso lo que quería?

Pero ayudar a Cooper significaba quedarse allí, o donde fuera que estuviera el hotel, al menos un par de días más. O quizá varios días. Y significaría pasar bastante tiempo con Cooper. Sin saber por qué, se sintió incómoda. Cooper era un hombre innegablemente atractivo.

Miró con anhelo la bandeja con el pastel de chocolate.

—Bueno, ¿sí o no? –insistió Cooper–. ¿Qué dices?

—Digo que estás loco. Eso es lo que digo.

—¿Sí o no? –repitió él.

—Creo que no –respondió ella.

La sonrisa de Cooper se agrandó.

—Sí. Vas a hacerlo.

—Acabo de decir que no.

—Te he oído. Pero sé que cambiarás de opinión.

—No –dijo Portia, pero no por convencimiento, sino porque le molestaba ser tan transparente.

—Vas a hacerlo. Y lo vas a hacer porque estás desesperada. Has venido a Denver solo para hablar conmigo, lo sé.

—¡No estoy desesperada! –protestó Portia.

Cooper la ignoró.

—Ese es el problema de querer tanto algo, uno se encuentra en desventaja en las negociaciones –su sonrisa la dejó sin respiración–. La próxima vez que quieras algo de mí, será mejor que te muestres algo más fría, menos interesada. Quizá una llamada telefónica antes de venir a verme.

Maldito Cooper por haber visto la situación con tanta claridad y por notar sus debilidades. Y maldito por no poder evitar que le gustara.

Portia se cruzó de brazos y lanzó un suspiro.

—Tendré en cuenta el consejo… para el futuro.

***

Veinte minutos después, Portia se metió el último trozo de pastel de chocolate en la boca, y a continuación bebió un sorbo de vino tinto.

–Bueno, ¿qué te parece? –preguntó él.

Ella se lo quedó mirando detenidamente mientras dejaba el tenedor en el plato.

–Lo que tienes que hacer es llevar a los miembros de la junta directiva a ver el hotel con el fin de explicarles, in situ, el potencial que tiene.

–En estos momentos el hotel es una ruina –admitió Cooper–. No estoy seguro de que puedan ver más allá.

–En ese caso, haz que no lo vean como una ruina. Sírveles buena comida y buena bebida. Distráeles.

–¿Quieres que monte una fiesta para convencerles?

–No. Lo que creo que deberías hacer es montar una exhibición de tabla de nieve seguida de una fiesta.

–Entonces… ¿me ayudarás?

–Todavía lo estoy pensando.

–¿No puedes darte prisa?

–No todos pensamos con tanta rapidez como tú. Además… es lunes y son más de las ocho de la tarde. Aunque decidiera ayudarte, no podrías hacer nada hasta dentro de doce horas por lo menos. Y eres tú el que me ha dicho que actúe con más frialdad.

Portia se inclinó hacia delante, agarró la bandeja con el plato y la copa y la dejó encima de la mesa auxiliar. Sus movimientos contenían una elegancia innata. A su lado, él se sentía tosco.

Haberla visto comer el pastel de chocolate le había hecho recordar hasta qué punto Portia tenía más clase que él. Pero estaba acostumbrado a sentirse así, le había pasado todos los veranos durante su juventud.

No estaba acostumbrado a desear a una mujer que le hacía sentirse de esa manera.

—Creo que no soy la persona indicada para ayudarte —declaró Portia con expresión casi ausente.

—¿Qué?

Cooper se enderezó en el asiento.

—Que creo que no soy la persona indicada para ayudarte en esto. Deberías contratar a un profesional para preparar la fiesta. O quizá a un consultor. O las dos cosas.

—Por eso quiero contratarte a ti. Tú podrías hacer las dos cosas. Eres una persona muy flexible.

—¿Qué quieres decir?

Cooper adoptó un gesto inocente.

—Nada.

—Cooper…

—Bueno… digamos que una mujer que puede ponerse boca abajo con el vestido de novia y diez minutos después dirigirse al altar como si nada puede conseguir lo que se proponga.

—¡Cómo es posible que menciones eso! —exclamó ella cubriéndose el rostro con las manos—. Creía que se te había olvidado.

–No es la clase de cosa que se olvida fácilmente. Tenías las piernas en el aire…

–¡Calla!

–Y unas bragas rosas con gatitos blancos.

Portia se apartó las manos del rostro y abrió la boca.

–¡Qué!

Portia enrojeció intensamente.

Si hubiera sabido lo mucho que él la deseaba le hubiera echado a patadas de la habitación y se hubiera negado a volverle a hablar en la vida.

–Sí, me hicieron mucha gracia esas bragas con los gatitos.

–¿En serio viste mi ropa interior ese día?

–¿Estabas boca abajo.

–Déjate de bromas.

Cooper se inclinó hacia ella y le llegó la fragancia de ella, una mezcla de algo suave, menta y chocolate.

–En mi opinión, te convendría divertirte un poco más.

Portia le lanzó una mirada furiosa, pero su expresión no mostraba enfado.

–¿Por qué has dicho eso?

–La gente te considera una persona demasiado seria.

–Eso no es verdad. Soy miembro de la alta sociedad. Me paso la vida haciendo trabajo voluntario, yendo de compras y almorzando con unos y con otros. Nadie me toma en serio.

–Eres la hija de un senador y miembro de una de las familias más importantes de este Estado.

Créeme, Portia, todo el mundo te toma en serio —vio una momentánea chispa de tristeza en sus ojos y añadió—: Tanto si te gusta como si no.

Portia le miró y dijo con burlona seriedad:

—Muy bien, pues tómate muy en serio lo que voy a decirte: no vuelvas a burlarte jamás de mis bragas Hello Kitty. Es todo un símbolo cultural.

Cooper alzó la mano en señal de rendición.

—De acuerdo, te lo prometo, jamás me volveré a reír de tus bragas Hello Kitty. Y ahora, ¿vas a ayudarme o no?

—Si lo hago, ¿me ayudarás tú a buscar a tu hermana? Y si la encontramos, ¿la ayudarás a integrarse en su nuevo ambiente?

—Sí, lo haré.

Portia le miró fijamente.

—Pero no te prometo nada. No puedo prometerte que los de la junta aprueben tu proyecto. Lo único que puedo hacer es intentarlo.

—Naturalmente.

—Y, desde luego, no puedo prometerte que ese hotel sea un éxito.

—No tienes que prometerme eso —Cooper sonrió—. Sé que lo será.

Portia se inclinó hacia delante.

—¿No se te ha ocurrido que podrías hacerlo tú solo?

—¿Hacer qué?

—Conseguir un crédito para tu proyecto y comprar tú solo Beck´s Lodge. Podrías montar una empresa nueva, independiente de Flight+Risk.

—No quiero hacerlo. Yo monté Flight+Risk. Es

mi empresa. Los de la junta deberían confiar en mí, en mi instinto para los negocios.

–En resumen, eres un cabezota.

–No. Soy… –Cooper se interrumpió, ladeó la cabeza pensativo y sonrió–. Bueno, quizá, es posible.

–¿Crees que merece la pena emplear tanto tiempo y energía en demostrar a la junta la validez de tus ideas?

–Sí, eso es lo que creo –contestó Cooper.

Cooper parecía tan seguro de sí mismo que ella no pudo evitar dejarse llevar. Pero ¿sabía él realmente por qué quería hacer aquello? ¿Lo comprendía?

Durante años, Portia había investigado a la junta directiva de la empresa de Cooper, aunque no por curiosidad. Debido a que buena parte de su tiempo lo dedicaba a recaudar fondos para obras de beneficencia, consideraba parte de su trabajo saber todo lo posible de la gente de su clase y de su red de amistades y asociados. La maldición de ser la hija de un político. Por supuesto, durante sus investigaciones, se había enterado de cosas que, en principio, no tenían nada que ver con su trabajo.

Robertson había entrado a formar parte de la junta directiva cuando Flight+Risk pasó de ser una empresa privada a cotizar en Bolsa. El mismo Cooper lo había elegido. A pesar de ello, Robertson y Cooper tenían puntos de vista opuestos respecto a los objetivos de la empresa. A Cooper le gustaba correr riesgos, era rebelde por naturaleza y solía enfrentarse a la autoridad, aunque la autoridad fuera la junta directiva de su propia empresa.

No obstante, no se necesitaba ser psicólogo para darse cuenta del verdadero motivo por el que Cooper estaba tan desesperado por conseguir la aprobación de la junta a su proyecto. Algunos miembros, Robertson en particular, eran hombres de la generación de Hollister. De hecho, Robertson era muy parecido a Hollister, la única diferencia era que Robertson había triunfado en el sector del comercio en vez de en el del petróleo. Sí, para Cooper era una cuestión de orgullo y algo muy personal. No solo quería la aprobación de la junta, sino también la de su padre.

Pero Hollister era un cretino y nada lo haría cambiar. Cooper jamás conseguiría la aprobación de su padre. En realidad, ni se le ocurriría pedirla. Pero, si se esforzaba de verdad, quizá consiguiera la de la junta directiva de la empresa.

Y Portia supuso que podía ayudarle a conseguirlo.

—Si quieres que los de la junta aprueben tu proyecto no debes acudir a ellos directamente. Tienes que conseguir inversores de fuera.

—Flight+Risk no necesita más inversores. Tenemos dinero y los bancos están dispuestos a prestarnos lo que necesitemos. Lo único que necesito es que la junta apruebe el proyecto.

—Lo sé. Eso es lo que te estoy diciendo. Si quieres que lo aprueben, la única forma de convencerles es haciendo como que no los necesitas, haciéndoles ver que hay otros interesados en tu proyecto. Y no porque crean en la empresa, sino en ti personalmente.

—¿Tú crees?

—Sí.

—¿Y cómo lo hago?

—Bueno, primero invitamos a los miembros de la junta al hotel y les hablamos de su potencial, ¿de acuerdo?

—Sí. Y una vez que vean la nieve polvo...

—No, no es necesario que vean la nieve polvo. Si los de la junta son como los de todas las juntas que yo he visto, te aseguro que no practican la tabla de nieve. Quizá ni siquiera el esquí. Deben rondar los sesenta años, tienen dinero y poder, pero no son atletas.

Cooper sonrió irónicamente.

—Estás hablando en términos generales de gente que no conoces.

—¿Me he equivocado?

—No.

—En ese caso, enfréntate al hecho de que no les importa nada la nieve polvo. A ninguno de los inversores. Lo único que les importa es si los deportistas de tabla de nieve, los clientes potenciales, quieren nieve polvo. Así que a quien también tienes que invitar es a toda la gente que conozcas que practica ese deporte con el fin de que hagan una exhibición. Debes organizar un fin de semana fabuloso con el fin de atraer inversores.

—E invitar a los miembros de la junta directiva.

Portia ladeó la cabeza con gesto reflexivo.

—No, al principio no. ¿Recuerdas lo que dijiste de no dar la impresión de estar desesperado? Eso es importante. Es necesario hacerles creer que puedes montar el negocio tú solo al margen de Flight+Risk. No les invitas a ellos solos. Invitas a otra gente, gente rica e importante, gente del sector inmobiliario.

Portia se interrumpió un segundo y añadió:

—Especialmente, personas que conozcan a algún miembro que otro de la junta directiva de tu empresa. Lo que quieres es que se hable de ti. Lo que quieres es que tu proyecto parezca tan apetecible que haga que los miembros de la junta directiva acudan a ti. Y para que eso ocurra, tienes que hacerles creer que no los necesitas en absoluto.

Cooper casi se echó a reír.

—Bueno, eso no será difícil. Una de mis especialidades es no necesitar a la gente.

Ella lanzó una carcajada.

—Eres todo un Cain —después, ladeó la cabeza y preguntó—: ¿No se te ha ocurrido pensar que la forma más fácil de conseguir dinero no pasa por hacer que la junta apruebe tu proyecto? Ni siquiera necesitas otros inversores.

—¿No?

—No. La forma más fácil de conseguir dinero para tu proyecto sería si encontraras a Ginger y ganaras el dinero que tu padre ha ofrecido a quien la encuentre —Cooper abrió la boca para protestar, pero ella alzó una mano, impidiéndoselo—. Sé que no quieres ese dinero, ya lo has dicho, pero también sé que Griffin y Dalton, los dos, han dicho a tu padre que si uno de los dos la encuentra quieren repartir el dinero en tres partes. O, mejor dicho, en cuatro, ya que Ginger recibiría su parte correspondiente también. Aunque solo recibieras la cuarta parte del dinero, podrías comprar ese hotel y otros cien más.

–No lo entiendes. No quiero ni un solo céntimo de ese hombre.

–En ese caso, ¿qué vas a hacer cuando encontremos a Ginger y las pruebas de ADN confirmen que es la hija de Hollister?

–Eso si las pruebas de ADN lo confirman.

Portia sacudió la cabeza.

–Lo confirmarán, estoy segura de ello. Cuando la veas, te darás cuenta –declaró Portia con convicción–. Bueno, dime, ¿qué vas a hacer con el dinero?

Cooper se encogió de hombros.

–Dárselo a Caro, como tú misma sugeriste.

–Aunque quiera vengarse de Hollister, dudo mucho que aceptara todo el dinero. Te sobrará bastante. Lo suficiente para tu proyecto.

–Yo la convenceré –dijo él.

–Dices que no quieres el dinero, pero ¿estás realmente dispuesto a renunciar a cientos de millones de dólares?

–Que se los queden Dalton y Griffin. Y esta chica, si los quiere.

–Esta chica es tu hermana.

–¿Y?

–Nada, solo eso, que es tu hermana y te necesitará. Debería importarte.

Entonces, Portia se inclinó ligeramente hacia él y, durante unos segundos, Cooper respiró su fragancia, dulce y fresca. De repente se dio cuenta de la poca ropa que Portia llevaba, de que estaban solos y de que no quería hablar de su familia.

–Sé que no te llevas bien con el resto de la familia, pero puede que no sea así con Ginger –dijo ella–. Es posible que tu hermana te guste.

Cooper no supo qué contestar. No le entusiasmaba la idea de una hermana y no le gustaba su familia. Sin embargo, podía ser que le gustara esa chica. Y, sin duda, tendría problemas de adaptación. En realidad, quizá lo mejor para Ginger fuese no conocer a su padre y vivir su vida. Pero tarde o temprano, Dalton o Griffin darían con ella.

Tanto si quería el dinero como si no, que él la encontrase podría ser lo mejor para todos, siempre y cuando no le llevara mucho tiempo.

Lo más importante para él era sacar adelante su proyecto hotelero y no quería que nada le desviara de su objetivo, ni su hermana ni Portia.

Además, Portia no estaba interesada en él. Quizá le gustara un poco, pero Portia no era la clase de mujer que se dejara llevar por una atracción pasajera.

Cooper se puso en pie.

–Bueno, vendré a recogerte mañana por la mañana para ir a Beck´s Lodge.

Portia frunció el ceño.

–¿Cuánto se tarda en llegar allí? Había reservado un vuelo a Tahoe mañana por la mañana, tendré que cambiarlo para por la tarde.

–Mañana necesitaremos todo el día.

Así dispondría de un día entero para convencer a Portia de que se quedara en Denver más tiempo.

# *Capítulo Cuatro*

Al día siguiente, a Portia le asaltaron las dudas. Para empezar, se había enterado de que iban a ir a Beck´s Lodge en avión privado cuando Cooper paró el coche cerca de una pista de aterrizaje privada. Cooper había alquilado un avión para que les llevara a Salt Lake City. Desde allí habían pasado una hora en coche atravesando colinas y montañas antes de tomar un camino que se abría paso entre una nieve tan blanca que la tenía completamente cegada.

No había tráfico. Parecían estar cruzando un territorio deshabitado.

De repente, al doblar una curva, el viejo hotel apareció a la vista, rodeado de bosque.

—¡Madre mía! —exclamó Portia boquiabierta.

Cooper sonrió burlón.

—Sí. Es un edificio impresionante, ¿verdad?

Cooper paró el coche delante del hotel.

—Venga, vamos a echarle un vistazo —dijo Cooper saliendo del coche.

Portia se bajó del vehículo y le siguió hasta la puerta principal.

—¿No tenemos que esperar a que venga el agente inmobiliario? —preguntó ella.

–No. Hoy por la mañana he hablado con el vendedor y con los dueños para decirles que veníamos. Soy la única persona interesada en la propiedad, así que no han puesto ninguna objeción. Vendrá luego, pero, de momento, estamos solos.

Portia contempló el edificio con admiración. Era impresionante e indescriptible.

Era una especie de monumento construido con enormes troncos de madera y piedras de río, algunas gigantescas. Una construcción de tres plantas de un ego y un orgullo desmedidos.

–No me habías dicho que era Bear Creek Lodge –murmuró ella con la respiración entrecortada.

Cooper indicó la señal al lado del camino. Era una señal de madera falsa con letras pintadas en amarillo. La señal rezaba: «Beck´s Lodge, negocio familiar desde mil novecientos cuarenta y ocho».

–Beck´s Lodge, no Bear Creek Lodge –le corrigió Cooper.

–¿No conoces la historia de esta casa?

–Lo único que sé es que tiene la mejor nieve polvo de toda la montaña. Sé que por aquí cerca no hay nada tan perfecto. Eso es lo único importante para mí.

–Pero ¿no sabes nada acerca de esta casa?

–No –Cooper la miró con sorpresa–. ¿Y tú?

–Sí, naturalmente que sí –Portia hizo un gesto de exasperación–. ¿Quieres comprar esta propiedad y transformarlo en un hotel de lujo sin conocer su historia?

Portia se echó a reír. Aquella propiedad era famosa en ciertos círculos.

–Un autor americano llamado Jack Wallace se hizo famoso con sus novelas de aventuras del Lejano Oeste durante la época de la fiebre del oro a finales del siglo XIX y principios del XX.

–Sé quién es Jack Wallace, gracias –dijo Cooper irónicamente.

–En ese caso, sabes lo famoso que era. ¿Te hicieron leer en la escuela su novela *Lost at Bear Creek*? Se hizo muy famoso y ganó muchísimo dinero. Y compró miles de hectáreas de terreno y en mil novecientos diez construyó una casa enorme

–¿Esta?

–No, no esta. Pero espera –Portia le miró, sorprendida de que pareciera realmente interesado. Ella era una aficionada a la historia, también leía mucho sobre arquitectura antigua. No había mucha gente que quisiera escucharla, pero Cooper mostraba auténtico interés–. Terminaron la casa en mil novecientos veintitrés, pero se quemó dos semanas antes del día en que él y su mujer tenían previsto trasladarse. Pero Wallace se negó a darse por vencido y mandó que volvieran a construirla. El resultado fue Bear Creek Lodge. Wallace donó las ruinas de la casa original, la que se quemó, y están en el parque nacional. Pero cuando terminó la segunda, ya estaba muy enfermo del hígado un mes después de irse a vivir ahí. Sus hijos la heredaron, pero no pudieron mantenerla porque no podían pagar los impuestos. Al final, acabaron subastándola para pagar los impuestos que debían. Supongo que fue entonces cuando el matrimonio Beck la compró.

Mientras hablaba, Portia se había estado fijando en todos y cada uno de los detalles de la construcción. Era una locura de edificio, pero hermoso, que exhibía la influencia del movimiento Arts and Crafts. En la montaña, la casa parecía elevarse como un antiguo santuario. Era una maravilla, a pesar de su estado ruinoso, a pesar de los años, a pesar de los esfuerzos del matrimonio Beck por hacerla más luminosa con pintura amarilla y flores de plástico.

En cierto modo, le recordaba a Cooper: sólida, obstinada y profundamente enraizada en su entorno. Era un sueño. Era un edificio indomable, como Cooper.

Él podía creer que le gustaba aquel lugar por la «perfecta nieve polvo», pero ella sabía que había algo más. Sabía que, de una manera u otra, Cooper sentía una especie de lazo de unión con esa casa.

—¿Cómo sabes todo esto? —preguntó Cooper.

—Asistí a una clase de arquitectura americana. Estudié arquitectura durante tres semestres.

—¿Por qué lo dejaste?

Portia le sonrió antes de comenzar a subir los escalones de la entrada.

—Porque ya no se construyen casas así.

El entusiasmo de Portia le había sorprendido, y no parecía encajar con la idea que tenía de ella. A veces le parecía que había dos Portias, o quizá más. Estaba la Portia fría y sofisticada que había estado casada con Dalton. Pero bajo esa fachada se vislumbraba otra Portia, una mucho más divertida.

–Te das cuenta de que es un edificio espantoso, ¿verdad?

Portia lanzó chispas por los ojos.

–No, es bellísimo. A ti te ciega la nieve.

–Dentro es muy vieja y muy oscura.

–¿Quieres disuadirme de que te ayude?

–Solo quiero que comprendas que mi intención es convertir esto en un hotel de lujo, no en un monumento a Bear Lodge.

–Bear Creek Lodge –le corrigió ella sin dejar de pasear la mirada por el exterior del edificio.

Al entrar en el interior de la casa, Portia pareció quedarse sin respiración.

–¡Oh, Dios mío! –la oyó exclamar.

Se encontraban en un gran vestíbulo de techo extraordinariamente alto, unos dos pisos. Había un mostrador de recepción con la superficie de formica. En un extremo de la sala había una chimenea de piedra; al otro lado, una escalinata subía al segundo piso. En la casa había doce habitaciones para huéspedes.

El edificio estaba destrozado, pero era sumamente grande y apropiado para ser un hotel. No obstante, ¿qué opinión le merecería a Portia? ¿Qué les parecería a los inversores que ella quería llevar allí? Verían más allá de la formica y de la pintura amarilla.

–Será necesario vaciar el interior y…

Portia giró sobre sus talones y le dio un golpe en el brazo.

–Ni se te ocurra tocar nada sin mi permiso.

Cooper se frotó el brazo.

–Eh, me has hecho daño.

–Excepto la mesa de recepción. Cuando compres esto, lo primero que tienes que hacer es sacarla de aquí.

–Eso será si conseguimos convencer a los de la junta de comprar la propiedad.

–Eso ya no me preocupa –el brillo que asomaba a los ojos de Portia era casi maníaco–. Vamos a dejarles tontos. ¿Y sabes por qué?

–Supongo que no es por la nieve polvo –comentó él.

–No, no es por eso, aunque también cuenta. Yo me voy a dedicar a venderles historia, algo a lo que los hombres de negocios no pueden resistirse. Apuesto a que la mitad de los miembros de la junta y de los inversores han leído los libros de Jack Wallace.

–Es posible que sobrestimes la inteligencia de esos tipos.

Portia esbozó una sonrisa.

–Quizá. Pero en cualquier caso, los libros de Jack Wallace reflejan lo que era vivir en América antaño. Nuestra tarea es recordarles que el deporte de la tabla de nieve forma parte de la tradición de esta nación.

–Sabes que a los profesionales de este deporte no les importa nada de eso, ¿verdad?

–Tú ocúpate de los deportistas que ya me encargo yo de los que tienen el dinero –Portia se fijó en la alfombra–. ¿Has visto qué hay debajo de la alfombra?

–No.

–Debe ser madera noble. Dime, ¿cuántas habitaciones hay arriba?

–Las habitaciones de la familia están en el tercer piso, lo que antes eran las habitaciones del servicio. En el segundo piso hay nueve dormitorios, y tres cuartos de baño. Hay veinte cabañas…

–Eso da igual. Este sitio es perfecto.

–Es una auténtica ruina.

–No, es una maravilla.

–Es oscuro y lóbrego.

–Eso tiene arreglo –Portia se volvió de cara a él–. Supongo que les habrás dicho a los dueños que quieres alquilarles la casa un fin de semana, ¿verdad?

–Sí. Lo he hecho esta mañana.

–¿Y nos dejarán hacer unos arreglos superficiales?

–Han dicho que si lo pagamos de nuestro bolsillo podemos hacer lo que queramos.

–¿Vas a pagarlo de tu bolsillo? –le preguntó ella.

–Si no me queda más remedio…

–¿Crees que podría convencerte de retirar la alfombra y hacer que pulieran el suelo?

–Ya me has convencido –respondió él con una sonrisa.

–Si nos deshacemos de la alfombra, de las cortinas y de la formica, este sitio parecerá otro. En cuatro semanas no lo reconocerás.

–¿En cuatro semanas?

–¿Crees que podría hacerlo en menos? –preguntó ella escandalizada.

Cooper lanzó un suspiro mientras hacía números mentalmente. En cuatro semanas sería finales de marzo. La nieve todavía estaría en buen estado. Además, no podría conseguir en menos de ese tiempo organizar la prueba de tabla de nieve.

—Está bien, cuatro semanas. Y espero milagros.

—Yo no hago milagros. Será más bien una puesta en escena y tendremos que hablar con los Beck para que nos den permiso.

—El matrimonio Beck ya es muy mayor. Lo único que sus hijos quieren es vender la propiedad. No creo que pongan objeciones.

—No me extraña que estén desesperados. Bear Creek Lodge tiene fama de causar la ruina a todo el mundo y de ser un fracaso —comentó Portia, que se dirigió al centro de la estancia y miró al techo antes de volver a mirarle a él—. ¿Y tenemos esto para nosotros solos?

—Exacto.

—En ese caso, me voy a investigar.

Y antes de que Cooper pudiera detenerla, Portia se lanzó escaleras arriba.


Cinco horas después estaban en Provo, cenando en un restaurante. Portia tenía tres cuadernos abiertos en la mesa; por suerte, tenía más en la bolsa de viaje. En cada cuaderno había hecho una lista con las cosas que tenía que hacer.

Cooper estaba al otro lado de la mesa con su iPad. Ya había terminado su hamburguesa y la tarta.

Portia volvió una página del cuaderno y se quedó boquiabierta al ver cómo había aumentado la lista.

–Bien, tú eres el encargado de invitar a los deportistas, así que yo no tengo nada que ver con eso.

–Exacto –contestó Cooper–. Lo primero que haré mañana por la mañana es decirle a Jane que se encargue de eso.

–Me parece bien que Jane se encargue de organizarles los viajes, pero eres tú quien deberías llamarles e invitarles, como vas a hacer con los inversores.

–¿Yo?

–Sí, claro.

–¿Es necesario?

–Sí –Portia sonrió–. Después de años lanzándote por montañas nevadas con una tabla, ¿vas a decirme que te asustan unos cuantos inversores? Además, solo te voy a obligar a llamar a los que ya conoces. Yo me encargaré de llamar a los que conozco personalmente antes de enviar las invitaciones.

–¿A los que tú conoces?

–Naturalmente. Y también conozco a gente del sector inmobiliario. Por eso quieres que te ayude, ¿no? –Portia pasó un par de hojas más del cuaderno; luego, lo empujó hacia Cooper, dándole la vuelta–. Mira, no es tan grave. Solo tienes que llamar a los que están marcados con una estrella roja. A todos ellos los conoces. Les llamas por teléfono para saludarles y luego, como si se te acabara de ocurrir, les mencionas lo de la exhibición de tabla de nieve. Por supuesto, sin mencionar que quieres que inviertan en el negocio ni nada de eso.

Cooper examinó la hoja del cuaderno un momento y después alzó el rostro, sonriendo.

–Lo siento, pero no entiendo tu letra.

Portia sintió un cosquilleo en el estómago. Era muy fácil dejarse seducir por el encanto de Cooper. Fácil y peligroso. Apartó los ojos de él y los clavó en el cuaderno.

–Te entiendo, no eres el primero que me dice que no hay quien lea lo que escribo.

La mesa era demasiado ancha para poder alcanzar cómodamente el otro lado, por lo que Portia se corrió en el asiento semicircular para acercarse a él. Miró la página y reconoció que era un complicado esquema que había esbozado mientras se le iban ocurriendo ideas.

–Mira, aquí estamos tú y yo, en este lado de la hoja –explicó Portia–. Como dijiste que Matt Ballard y Drew Davis habían votado a favor del proyecto, también los he colocado en este lado. Por cierto, ya los has llamado, ¿no? ¿Podrán venir?

–Sí. Han dicho que sí.

–Estupendo. Estoy deseando conocer a Drew Davis.

–¡Vaya, otra fan de Drew Davis! –exclamó Cooper con cierto desagrado.

–¡Pues claro! –respondió Portia con entusiasmo–. Me encantó en la entrevista que le hizo Anderson Cooper después de su visita a la Casa Blanca. Es un tipo muy listo.

–¿Estamos hablando del mismo Drew Davis?

–¿Drew Davis el ecologista?

–Drew Davis el especialista en tabla de nieve.

–Ah, bueno, sí… supongo que empezó con el deporte de la tabla de nieve.

–¿Que empezó…? –Cooper lanzó un bufido–. Drew Davis es el especialista de ese deporte más importante de su generación. Casi se podría decir que fue él quien lo introdujo en Estados Unidos…

–Eh, tranquilízate –Portia, sorprendida, le miró. Cooper parecía ofendido. Le dio, en broma, un golpe en el brazo con el hombro–. Lo que pasa es que yo lo conozco más por su magnífico trabajo en cuestiones de conservación de los espacios naturales y, en particular, de las zonas en las que se practican deportes de nieve.

Cooper aún fruncía el ceño al responder:

–¿Sabías que el noventa y cinco por ciento de los materiales con los que estaba hecha la primera tabla de nieve que mi empresa sacó al mercado eran materiales reciclados?

Portia frunció el ceño porque Cooper aún parecía molesto. Casi celoso.

–No, no lo sabía. Y perdona si te he ofendido –Portia le puso la mano en el brazo y se lo frotó.

Había sido un gesto cariñoso, nada más. Pero en el momento de tocar a Cooper, sintió su fuerza. ¿Estaba tenso o sus músculos eran así… de acero? Y tenía los brazos enormes. Gigantescos, en comparación con los suyos. Siempre se había considerado una mujer fuerte: más alta que la media, casi un metro setenta y cinco, y de constitución atlética. Pero se sintió diminuta al lado de Cooper.

Fue entonces cuando, de repente, notó que aún seguía tocándole, que continuaba frotándole con la mano. Y, sin saber cómo, los dos parecían haber dejado de respirar.

Quizá fuera una suerte, porque aun sin respirar, podía oler el jabón en él. Era un aroma fresco, un aroma a madera, y le entraron ganas de acariciarle la garganta con la nariz.

Lo mejor que podía hacer era desmayarse. De ese modo, le valdría como excusa por su extraño comportamiento. Esperó unos segundos a ver si perdía el conocimiento.

—Portia… —comenzó a decir Cooper, con voz inesperadamente ronca.

Pero ella se lanzó a explicar sus anotaciones, sin darle tiempo a acabar la frase. Habló con rapidez, para evitar la posibilidad de la cortase.

—Y en este lado tenemos a los nueve miembros de la junta que votaron contra el proyecto. En estos círculos junto a sus nombres aparecen otros intereses comerciales que tienen: negocios, empresas, obras de beneficencia…

Portia se interrumpió para respirar.

—Portia…

De nuevo, ella solo le permitió pronunciar una palabra solamente.

—Aquí está Robertson, el primero de la lista. Dijiste que era el más contrario a tu proyecto. Bien, Robertson tiene intereses comerciales con March, los grandes almacenes; también con Bermuda Bob´s y con Mercury Shoes. Está en la junta directiva de estas tres empresas. Y también debe tener algo que ver con la fundación Hodges, porque las donaciones que le hace son importantes. La cuestión es invitar a un conocido que también sea conocido de Robertson, porque no vamos a invitar a Robertson. Lo que queremos es invitar a una o varias personas que conozcan a Robertson y que, después del fin de semana aquí, se pongan en contacto con él y le digan que vas a hacer esto tú solo y que va a ser un éxito. Por eso tenemos que…

–¿Cómo has averiguado todo esto? –preguntó Cooper.

–Internet y unas cuantas llamadas telefónicas. Pero, sobre todo, Internet.

–Es un poco preocupante.

–¿Y eso lo dice un hombre que aparece constantemente en Internet?

–¿Has estado investigándome también?

–Naturalmente. Por cierto, has tenido una juventud muy activa. El escándalo con esa modelo sueca y las fotografías cuando te otorgaron la medalla olímpica…

Cooper lanzó un gruñido.

–Fue mucho menos de lo que parece.

–Recibiste un buen rapapolvo del Comité Olímpico. A mí me parece que es bastante.

–Y yo creo que se toman lo de las medallas demasiado en serio.

–Es posible.

Apenas había prestado atención al incidente cuando ocurrió porque acababa de tener un aborto natural. Pero leer los cotilleos de una década había sido revelador. Por la vida de Cooper habían desfilado cantidades de modelos, cada una más hermosa y perfecta que la anterior.

El Cooper que ella conocía no se parecía gran cosa al mujeriego que describía la prensa. En cualquier caso, ella no debía rendirse a sus encantos. Además, ella no era su tipo. A Cooper le gustaban las modelos suecas que se bañaban en una fuente pública con una medalla olímpica colgada al cuello y completamente desnudas.

Pero eso a ella le daba igual. La vida amorosa de Cooper... En fin, ella solo quería ayudar, nada más.

—Por cierto, y no te lo tomes a mal, pero...

—¿Qué? —preguntó Cooper.

—Bueno, la cuestión es... —Portia pinchó la tarta de chocolate con el tenedor.

—¿Sí?

Maldición. Se estaba comportando como una tonta. Dejó el tenedor y giró ligeramente en el asiento con el fin de mirar a Cooper a los ojos.

—Que eso podría acarrearte problemas. Me refiero a lo de la medalla olímpica, a las modelos, a las fiestas...

—No salgo con tantas modelos y no voy a fiestas. La verdad es que nunca fui a tantas fiestas como han dicho. Eso es cosa de los medios de comunicación, les gustan los chicos malos.

—Justamente. No pasa nada tratándose de un deportista, ni siquiera importa mucho tratándose del director ejecutivo de Flight+Risk. Pero para este negocio del hotel hay que dar una imagen más seria, de más alto nivel.

Cooper la miró fijamente.

–Sí. Para eso estás tú aquí.

–No, no me refiero a… –¿acaso Cooper no podía entender la indirecta?–. Bien, digamos que yo sé preparar un fin de semana de alto nivel encargándome de la lista de invitados, la comida, etc. Pero de nada servirá todo eso si ese fin de semana apareces tú con una modelo sueca del brazo.

–A ver si lo he entendido. ¿Crees que soy incapaz de pasar un fin de semana entero sin bajarme la cremallera de los pantalones? ¿Crees que sería capaz de aparecer con una modelo y estropearlo todo?

–Bueno, digamos que tienes fama de mujeriego. Y, además, no estoy hablando solo del fin de semana. Si quieres sacar tu proyecto adelante vas a tener que mostrar un comportamiento intachable –estaba hablándole como una madre–. Todo el mes. De ahora hasta el día en que tu proyecto se someta a una nueva votación nada de modelos, nada de escándalos, nada de nada.

–Así que no solo el fin de semana, ¿eh? –Cooper adoptó una expresión muy seria y ella se dio cuenta de que estaba de broma–. No sé si podré hacerlo. ¿Nada de escándalos? ¿Nada de modelos?

–Tómatelo a broma si quieres, pero tenía que decírtelo. No tendría sentido preparar todo este montaje para que tú lo estropeases en el último momento.

–¿En serio me consideras tan frívolo?

# Capítulo Cinco

Cooper la miró fijamente y ella contuvo la respiración. Era increíblemente guapo. Se había roto la nariz en el pasado y eso le había dejado un pequeño bulto. También tenía una pequeña cicatriz debajo del ojo derecho y otra algo mayor en la mejilla. Su rostro indicaba que había vivido. A la intemperie. Como si su personalidad fuera afín a las montañas que le habían dejado esas cicatrices.

De repente, apenas pudo contener las ganas de acariciarle el rostro.

¡Cielos, se le había quedado mirando! Se había inclinado sobre él y le miraba fijamente.

Se apartó de él y se acercó el cuaderno.

—Está bien. Lo intentaré —dijo Cooper.

—Es preciso que te tomes en serio lo que te he dicho —insistió ella.

—Portia, te aseguro que puedo pasar unas semanas sin bajarme la cremallera. Y todo eso de la modelo y la medalla olímpica no es más que…

—Que parte de tu imagen de chico malo. Lo entiendo.

—No, no lo entiendes —Cooper suspiró y se pasó una mano por el cabello—. Solía hacer esas cosas intencionadamente, era mi forma de rebelarme contra Hollister y todos esos cretinos ricos que pensaban que yo no valía nada porque era pobre. Reconozco que mi comportamiento era estúpido e inmaduro, pero también es verdad que solo tenía veintidós años. Pero no he salido con ninguna modelo desde los veinticinco. Ya no hago estas tonterías.

Portia se lo quedó mirando un momento sin decir nada. Cooper se había quitado la máscara de playboy irresistible, mostrando el hombre que había detrás de esa máscara. Su intensidad. Su tesón. Su valor.

Ella conocía muy bien, mejor que la mayoría, a esos cretinos ricos que sabían cómo humillar a una persona. ¿No era eso lo que ella llevaba evitando toda la vida? ¿No lo sabía desde su más tierna infancia? Si uno agachaba la cabeza y hacía lo que hacían los demás, quizá conseguiría sobrevivir. Si uno destacaba, las fieras acabarían devorándolo.

–Perdona –dijo Portia–. No es que te estuviera juzgando.

–Sé que has venido para eso –Cooper volvió a suspirar–. Si tengo fama de playboy irresponsable sé que es culpa mía. Lo que quiero es que te des cuenta de que no soy así. Al menos, ya no. Cuando era más joven, sí, me comportaba como un imbécil. Recibir una medalla olímpica es un honor y debería haber sido más respetuoso.

–No tienes que darme explicaciones.

Pero Cooper la ignoró.

–Me acosté con esa modelo, aunque apenas la

conocía. Ella me quitó la medalla y se hizo esas fotos, pero yo ni siquiera estaba allí. Me enteré al ver las fotos en Internet después de que los del Comité Olímpico me llamaran.

–En serio, Cooper, eso no es asunto mío.

–Pero yo quiero que lo sepas.

–Está bien, pero yo también quiero que sepas que no tienes por qué justificarte conmigo.

Cooper, entonces, sonrió, pero Portia vio que era una sonrisa triste. Y cuando Cooper cambió de tema de conversación, ella no protestó.

–En mi opinión, hay un problema con ese plan de abstinencia al que quieres que me someta.

–¿Qué problema?

–Que vamos a pasar juntos mucho tiempo.

A Portia, de repente, el corazón comenzó a latirle a un ritmo desenfrenado.

–¿Y?

–Si vamos a estar juntos todo el tiempo y tú haces de anfitriona el fin de semana de la fiesta, la gente va a suponer que tenemos relaciones. Van a hablar de ti.

–¿Qué? –¿era eso lo que preocupaba a Cooper?

–Tienes una excelente reputación –declaró Cooper objetivamente–. No quiero que tu asociación conmigo te cause problemas. Así que si te preocupa…

–Espera un momento. ¿Quieres decir que te preocupa mi reputación?

–Claro. Una chica bien como tú puede que no quiera que la vean con un chico como yo.

–Ya, entiendo –¿por qué tenía tan mala suerte?

Y ella que había estado pensando que Cooper la encontraba irresistible.

Una chica bien. Eso era lo que siempre había sido. Mientras a sus compañeras de colegio les salían pechos y se ponían tacones altos, ella seguía casi lisa por delante y llevaba zapatos planos. Por eso la habían elegido para organizar el baile del colegio, pero sin que ningún chico la invitara al baile.

Y ahora, después de los años, seguía siendo una chica bien. Aunque, también con los años, había ganado fama de fría y distante. Y en cuanto a su vida amorosa, nada, cero.

Tiró del cuaderno hacia sí y lo cerró bruscamente.

—No estoy preocupada.

—Pues yo sí —dijo él—. La gente va a…

—La gente no va a pensar eso —no estaba dispuesta a confesar en voz alta que sabía que era imposible que él la deseara—. Nadie en su sano juicio va a pensar que estamos juntos.

—¿Por qué? —preguntó él—. ¿Porque yo nunca podría merecerte?

Portia lanzó un suspiro. Quiso mostrar indiferencia, pero se mostró abatida.

—No por eso, sino porque soy una chica demasiado bien. Es decir, demasiado sosa para llamar la atención de un tipo como tú.

Cooper se recostó en el respaldo del asiento y la miró fijamente.

—¿Un tipo como yo?

—Sí, como tú. Tienes fama de irresistible.

—Yo no tengo fama de…

—Treinta y cuatro mil referencias de ti en Internet. Eso es ser famoso. Nadie en su sano juicio podría creer que yo te intereso.

—¿Piensas que no podrías interesarme?

Portia se encogió de hombros. Se sentía muy incómoda. Cooper debía pensar que era la mujer más insegura que había conocido en su vida.

—Portia, eres hermosa, inteligente y rica.

Ella enderezó la espalda.

—No me gusta que me halaguen por pena. Soy una persona realista.

—Y yo. Por eso he dicho lo que he dicho.

—De acuerdo, entonces sé también honesto. Cierra los ojos un segundo.

—¿Qué?

—Cierra los ojos —Portia esperó a que Cooper los cerrara–. Y ahora, piensa en la primera vez que nos vimos. ¿Qué pensaste de mí?

—Portia, esto…

—No, sé honesto y dime lo que pensaste.

Cooper abrió los ojos.

—Esto es una tontería. No voy a prestarme a estos juegos.

—Te lo pido por favor. Era Nochebuena. Caro había preparado una cena en familia. Tú viniste en avión desde Colorado. ¿Te acuerdas?

Cooper apretó la mandíbula. Por fin, respondió:

—No me acuerdo.

—¿No te acuerdas de aquella cena de Nochebuena? —insistió Portia.

—No me acuerdo de haberte visto aquella noche.

Portia asintió.

—¿Lo ves? Lo sabía.

—¿Cómo que lo sabías?

—Bueno, no podía poner la mano en el fuego, pero cuando volvimos a vernos al verano siguiente no te acordabas de mí. Eso es lo que nos pasa a las chicas como yo, nadie se fija en nosotras. No somos interesantes.

—O sea, que, en tu opinión, es imposible que me atraigas porque no consigues que la gente se fije en ti cuando te conoce. Es eso, ¿no?

Cooper bebió un sorbo de café y observó a Portia por encima del borde de la taza. ¿Era posible que Portia, una de las mujeres más hermosas que había conocido, se infravalorara? Portia era preciosa. Más importante aún, era inteligente, divertida y extravagante. Y apasionada.

Cooper sacudió la cabeza.

—No, eso es imposible.

—¿El qué? —preguntó ella algo ofendida.

—No te creo. Te aseguro que ningún hombre que se precie de serlo...

Portia se encogió de hombros.

—Te equivocas. Hay algo en mí que no gusta a los hombres. Ninguno se me insinúa —Portia ladeó la cabeza, pensativa—. Quizá sea por mi nombre.

—¿Tu nombre?

—Sí. Portia. Es un nombre de chica rica y aburrida, ¿no te parece? Me habría gustado que mis padres me llamara Polly o Paige. O Peggy.

–Tú no eres una Peggy –declaró Cooper con desagrado–. Peyton, quizás, pero no Peggy.

–¿Es que no lo entiendes? Una Peggy es una mujer a la que un hombre puede invitarle a tomar una copa en un bar. Una Peggy es divertida.

–Peggy es de otra generación. Y si es divertida es porque los hombres de mi edad esperan de ella que haga pasteles, no porque quieran salir con ella.

Portia pareció hundirse en el asiento, claramente incapaz de refutar su argumento.

–Portia no tiene nada de malo.

–Pero…

–Está bien, supongamos que tu nombre intimida a algunos hombres. En ese caso, un hombre que se sienta intimidado por tu nombre es un imbécil. Además, hay otras cosas que no pareces considerar.

–¿Como qué? –preguntó ella frunciendo el ceño.

–Para empezar, solo has hablado de la primera impresión que causas en la gente.

–¿Y?

–Hace ya diez años que te conozco, Portia, así que conmigo no estamos hablando ya de la primera impresión. Te he visto boca abajo con el vestido de novia. Te he visto enfrentarte a Hollister y a Caro respecto a asuntos que para ti eran importantes. He bailado contigo en fiestas. E incluso te he visto ponerte poética hablando de edificios antiguos.

–¿Y qué? –Portia arqueó las cejas.

–Que te conozco mejor de lo que crees. Y sé que no eres la niñata rica mimada que piensas que implica tu nombre. En definitiva, que no me engañas. Sé cómo eres.

Portia pareció desconcertada, pero sonrió.

–No es a ti a quien trato de engañar, sino a los de la junta y a los posibles inversores, no lo olvides. Y lo que piensen de mí carece de importancia. Lo que realmente importa es lo que piensen de Bear Creek Lodge y, sobre todo, de ti.

–No. Estábamos hablando de si a ti no te iba a molestar que pensaran que estábamos juntos –Portia abrió la boca para protestar, pero él continuó, impidiéndoselo–. Por favor, olvida un momento que somos muy diferentes, y también olvídate de tu nombre y de tu estatus. Y, por un momento, supón que tengo razón y que cualquiera que nos viera juntos pensaría que soy un idiota si no hiciera lo que estuviera en mi mano para hacer que te acostaras conmigo.

–Está bien –contestó Portia tras una breve vacilación.

–Dime, ¿no te va a molestar que la gente piense eso?

Portia meditó un minuto y luego se encogió de hombros.

–No. Se han dicho cosas peores de mí.

Cooper iba a preguntarle qué quería decir con eso cuando la camarera se acercó a la mesa.

–¿Necesitan algo más? Porque estoy a punto de marcharme, se ha acabado mi turno.

–No, muchas gracias –respondió Cooper.

85

Cooper le dio un par de billetes a la camarera y no se molestó en esperar a que le llevaran el cambio.

De vuelta en el hotel, tras un largo trayecto en el que Portia no había dejado de enumerar una larga lista de cosas que tenían que hacer, Cooper le preguntó:

–¿Qué opinas? ¿Tenemos todo lo que necesitamos?

Portia sacó del bolso la llave de su habitación y volvió a mirar las anotaciones.

–Sí… Sí, creo que podemos empezar –se la veía encantadoramente ruborizada–. Todavía me queda acabar la lista de los invitados, te la entregaré mañana. También necesitaré encontrar un sitio para hospedarme en Provo. Y quizá necesite un chófer, no se me da bien conducir por carreteras nevadas. A parte de eso…

Cooper le puso un dedo en la barbilla y le obligó a levantar el rostro.

–Un sitio para quedarte, un conductor… lo que quieras. Pero no me refería a eso.

–Ah –Portia cerró el cuaderno despacio, sin bajar los ojos–. ¿A qué te referías entonces?

–A nosotros. Eso de que los hombres no te encuentran atractiva es una tontería. Eres una preciosidad. Y si Dalton no te hizo sentir irresistible todos y cada uno de los días que vivió contigo, es su problema.

Portia sonrió.

–Gracias, pero…

–Espera, no he terminado. Quiero que sepas

86

que no soy un buen tipo: soy egoísta, soy duro y no soy generoso. Cuando dono dinero a una obra de beneficencia lo hago porque desgrava. Cuando ayudo a alguien lo hago porque pienso que, en el futuro, quizá pueda ayudarme a mí.

Portia frunció el ceño.

–Ah –parecía confusa.

Cooper cerró la distancia que les separaba y tiró de ella hacia sí. Sin darle tiempo a protestar, le apretó los labios contra los suyos. La sintió ponerse tensa, pero no se le resistió. Ni un segundo.

Entonces, poco a poco, Portia subió los brazos para rodearle el cuello y abrió los labios.

En cuanto a él, llevaba esperando ese momento diez años. En el instante en que la sintió relajarse, profundizó el beso. Le introdujo la lengua en la boca y la saboreó. Portia sabía a dulce, pero también a algo más, a algo oscuro.

Portia dejó caer el bolso al suelo y él, instintivamente, la empujó hasta colocarla de espaldas a la puerta, arqueándose hacia él, buscándolo con la misma desesperación que él sentía.

Portia tenía curvas bien delineadas y sensuales, pero no en exceso. Poseía un cuerpo esbelto y musculoso, pero femenino. Y había mucha pasión contenida en ella.

Pero aún estaban en el pasillo del hotel, delante de la puerta de la habitación de ella. Demasiado lejos de la cama. Y aunque él no tenía problemas en acostarse con ella inmediatamente, sabía que Portia no estaba preparada para ello.

Por eso, se apartó de Portia y dio un paso atrás.

Portia le miraba fijamente con ojos grandes y expresión de sorpresa.

–¿A qué se ha debido eso?

–Era solo para que lo supieras.

–¿Para que supiera qué?

–Lo mucho que te deseo.

–¿Que me deseas? ¿A mí?

–Sí. Y voy a hacer lo que esté en mis manos para conseguir que tú también me desees. Sé que no estás preparada, pero soy un hombre paciente y esperaré. Solo quería que supieras lo que pasa.

Ella había agrandado más los ojos y él no pudo evitar acercársele una vez más. No la besó, se limitó a acariciarle los labios con la yema del pulgar.

–No lo olvides, no soy una buena persona. Lo que quiero es acostarme contigo, lo quiero desde que te vi boca abajo con el vestido de novia. Y estoy cansado de esperar.

En el hotel, Portia pasó varios minutos tratando de asimilar las palabras de Cooper.

¿Cooper Larson la deseaba?

¿Y qué se suponía que ella debía hacer ahora? ¿Cómo iba a poder trabajar con él durante un mes sabiendo que la deseaba? ¿Cómo iba a poder concentrarse en su trabajo cuando sabía que no iba a poder pensar en otra cosa que no fuera el beso que él le había dado? ¿Desde hacía cuánto no estaba tan excitada?

Maldito Cooper por hacerla sentirse así.

Con decisión, Portia agarró la llave de la habitación y salió. Pasó tres minutos aporreando la puerta de Cooper hasta que él la abrió.

Cooper, con una toalla atada a la cintura, estaba chorreando agua.

–¿Quieres explicarme a qué ha venido todo eso?

–Ha sido solo una advertencia –sonrió travieso.

–¿Y quieres decirme cómo voy a trabajar contigo ahora? ¿Cómo demonios voy a hacer mi trabajo sabiendo que quieres acostarte conmigo?

De repente, Cooper pareció preocupado.

–¿Me acusas de acoso sexual? Te aseguro que mi intención no ha sido…

–No, eso ya lo sé. Y no eres mi jefe. No me refería a mi trabajo en ese sentido. Me refería a… –Portia miró a su alrededor y se dio cuenta de que había entrado en la habitación de él–. ¿Qué esperabas conseguir diciéndome eso? ¿Creías que, al decírmelo, iba a arrojarme a tus brazos?

Portia clavó los ojos en la toalla, en el pecho desnudo de Cooper…

–No, claro que no –protestó Cooper.

–Porque yo no haría semejante tontería. Yo no hago ese tipo de cosas. Y hacerlo ahora sería una estupidez.

–Sí, completamente de acuerdo –pero los irresistibles labios de Cooper dibujaron una sonrisa y su voz se había tornado más ronca.

Hacía mucho que Portia no se acostaba con un hombre, y mucho más desde que no se sentía atractiva, deseada.

Y así era como Cooper la hacía sentir: deseable e irresistible.

Y antes de ser consciente de lo que hacía, se acercó a Cooper y le abrazó. Se puso de puntillas, se apretó contra él y ladeó la cabeza para que sus labios se encontraran.

A Cooper aquello le había tomado por sorpresa, tanto el abrazo como el apasionado beso. Después de tanto hablar de ser una chica bien y aburrida, suponía que era tímida. También había imaginado que él iba a tener que ser quien tomara la iniciativa y seducirla. Pero resultaba que no.

Se aferró a él mientras le acariciaba los labios con la lengua. Y él no se hizo de rogar, abrió la boca y un deseo estremecedor le sacudió cuando Portia introdujo la lengua en su boca. Casi torpemente, sin disimulo ni estudiada seducción. Era puro deseo. Y estaba allí porque quería, porque le deseaba.

El hecho de que Portia le deseara le hizo endurecer con más rapidez de la que había creído posible, teniendo en cuenta que acababa de salir de una ducha gélida.

Cooper se había acostado con muchas mujeres hermosas, pero aquello era diferente. Portia era diferente. Portia era la mujer que llevaba deseando un tercio de su vida, la mujer a la que se había creído incapaz de poseer. Portia era el sueño que le hacía despertar en mitad de la noche ardiendo de deseo. Y ahora estaba tirando de la toalla que llevaba atada a la cintura. Si no la detenía, iba a eyacular en el momento en que lo tocara.

Pero no podía permitir que eso ocurriera. Se trataba de su sueño. No iba a dejarla al mando.

Cooper le agarró por las muñecas, parándola en seco justo antes de que le quitara la toalla.

Portia se detuvo y separó el rostro del de él. Estaba confusa. Todavía, después de lo que él le había dicho, Portia dudaba que él la deseara. Incluso después de la evidencia física de su deseo, le asaltaban las dudas.

Cooper abrió la boca para hablar. Quería decirle miles de cosas… y todas ellas le asustaban. Por eso, en vez de hablar, la apoyó contra la pared, se pegó a ella y la besó con pasión. La boca de Portia sabía a vino y a tarta de cerezas. No lograba saciarse de ella. Y, durante un segundo aterrador, pensó que jamás lograría saciarse de Portia.

Portia era alta, su cuerpo encajaba con el de él a la perfección. Ella y él. Besándose. Ella revolviéndole el cabello y él presionándole la entrepierna con el miembro. Hechos el uno para el otro. Perfección absoluta.

Portia alzó una pierna y le acarició el muslo con ella. Cooper le deslizó la mano por debajo del jersey, le cubrió un seno con la mano y, por encima del sujetador, le pellizcó el pezón. Portia echó la cabeza hacia atrás y lanzó un gemido de placer.

De puntillas, arqueó la espalda. Y cuando él, agarrándola por las nalgas, la alzó, ella le rodeó las caderas con las piernas mientras le acariciaba los hombros y la espalda.

Cooper contuvo la respiración cuando Portia, valiéndose de los pies, le quitó la toalla. Si él estaba desnudo, iba a asegurarse de que Portia también lo estuviera.

Cooper se apartó de la pared y, con ella aún en brazos, la llevó a la cama y la tumbó. A pesar de lo mucho que deseaba penetrarla, se contuvo.

La desnudó despacio. Primero le quitó el jersey y los pantalones. Al verla casi desnuda su deseo se intensificó. Los perfectos pechos de Portia estaban encerrados en un sujetador color rosa que hacía juego con las bragas.

Portia era absolutamente perfecta y era su obligación hacérselo saber. Tenía que saborearla.

Le deslizó las bragas por las caderas, le abrió las piernas y la besó ahí. La chupó, desesperadamente, hasta excitarla tanto como lo estaba él. Entonces, le introdujo un dedo... y otro. Continuó chupándola mientras ella subía y bajaba las caderas, gimiendo, jadeando y, por fin, gritando. Gritando su nombre justo antes del orgasmo.

Al oírla pronunciar su nombre Cooper estuvo a punto de dejarse ir también, a pesar de que ella no le había tocado. Pero consiguió contenerse, agarró un preservativo y entonces la penetró. Por suerte, Portia aún estaba al borde del clímax. Los espasmos de los músculos de su sexo fueron más de lo que pudo soportar. Tuvo un orgasmo casi al instante. La voz de ella resonaba en sus oídos, el nombre de Portia salió de sus labios.


Cooper se despertó temprano, satisfecho de saber que, al margen de lo demás que pudiera ocurrir, el trato que había hecho con Portia era lo más inteligente que había hecho en su vida.

Estaba seguro de que el plan de Portia iba a funcionar. Portia iba a convencer a los de la junta de que él podía conseguir inversores al margen de la empresa, lo que le haría ganarse su apoyo. Iba a ayudarle a lograr su objetivo. Y, además, se había acostado con ella.

Habían hecho el amor dos veces aquella noche y ahora Portia, a su lado, dormía profundamente.

En vez de despertarla, Cooper se levantó de la cama, se vistió y salió a correr. Iba a quemar unas cuantas calorías y a desayunar antes de que Portia se despertara. Entonces le llevaría el desayuno a la cama, café y cruasanes, y volverían a hacer el amor.

Tenían todo el tiempo del mundo.

# Capítulo Seis

Desde el momento en que Portia se despertó en la cama de Cooper, en treinta segundos pasó de :«¡Madre mía, ha sido fantástico!» a: «¡Qué demonios, me he acostado con Cooper!».

¡Cooper era su cuñado!

Bueno, ya no lo era, pero lo había sido.

Una no debía acostarse con su excuñado. Lo había dicho hasta Shakespeare en *Hamlet*. Coquetear, acostarse o casarse con un excuñado no era una buena idea.

Y a propósito de Cooper, ¿dónde se había metido?

Se sentó en la cama y miró a su alrededor. Nada.

Se levantó, agarró la ropa que estaba en el suelo, se vistió, salió al pasillo y se metió en su habitación.

Una vez allí, se dio una ducha y, algo más tranquila, se preguntó si lo que había hecho estaba tan mal. Quizá no, pero era complicado.

Y maravilloso. Porque ningún hombre la había hecho sentir nunca lo que Cooper.

Salió de la ducha, se secó y se puso la primera prenda que sacó de la maleta: un vestido sencillo color gris. Después, se peinó sin poder dejar de pensar en los deleites de la noche anterior.

El sexo con Dalton había sido satisfactorio, pero con él nunca había conseguido desinhibirse del todo. Sin embargo, con Cooper se había sentido completamente liberada. Había dejado de ser una chica sosa y se había convertido en una chica alocada.

Unos golpes en la puerta interrumpieron su ensimismamiento.

No se sentía preparada para enfrentarse a Cooper, pero tampoco podía esconderse en su habitación. Sin embargo, cuando abrió la puerta, no tuvo tiempo de expresar sus dudas, porque Cooper, al instante, la tomó en sus brazos y la besó.

Una ardiente pasión comenzó a correrle por las venas, disipando sus reparos. Tras un prolongado momento, Cooper la soltó.

—He traído cruasanes.

Portia se fijó en la bolsa que llevaba en la mano y, de nuevo, la incertidumbre se apoderó de ella.

—No puedo —contestó Portia.

—¿Que no puedes desayunar?

—No, no me refiero a eso. Claro que puedo desayunar. Lo que quería decir es que yo nunca he hecho eso de... de acostarme una noche con alguien sin más.

Súbitamente le resultó imposible seguir mirándole. Estaba asustada y avergonzada.

—Yo no había hecho una cosa así nunca y... Antes de Dalton tuve varios novios formales y, después de Dalton, prácticamente nada.

Cooper le puso las manos en los hombros y la obligó a mirarle.

–Piensas demasiado.

–¿Eso crees?

–Sí. ¿Por qué complicarlo tanto? Nos gustamos y nos llevamos bien. No hay motivo por el que no podamos acostarnos juntos unas cuantas semanas y disfrutar de la compañía del otro, dentro y fuera de la cama.

–Tienes razón –respondió Portia algo más tranquila–. ¿Por qué no disfrutar?

–Exacto –Cooper sonrió–. No se trata de nada grave. Ninguno de los dos quiere una relación seria para toda la vida. ¿Por qué no nos divertirnos un poco?

Portia reflexionó.

–¿Ninguno de los dos quiere una relación para toda la vida? –repitió ella.

Pero Cooper debió tomar sus palabras como una aseveración en vez de como una pregunta.

–Justo. No soy la clase de persona que piensa a largo plazo.

–¿Y crees que yo tampoco lo soy?

–Por favor, Portia. Te casaste una vez y mira cómo acabó. Sabes que los finales felices no existen. Que las cosas no duran toda la vida.

Portia guardó silencio. ¿Qué podía responder? No podía negar la verdad.

–Tienes razón –contestó Portia–. La idea del amor que dura toda la vida es… Lo que quiero decir es que si mi matrimonio con Dalton no duró, no duraría con ningún otro, ¿no te parece?

Pero no era eso lo que realmente pensaba. Quizá no tuviera sentido, quizá la experiencia le decía que el amor no podía durar, pero eso no significaba que no quisiera creerlo.

Miró a Cooper y le sorprendió observándola con expresión pensativa. Había algo en su mirada... parecía casi dolor.

Vaya. Estaba tonta. ¿Qué clase de imbécil hablaba de su exmarido con el tipo con el que acababa de acostarse?

Sonrió de nuevo y, esta vez, con algo más de naturalidad.

—¿Lo ves? A esto me refería. No tengo ni idea de por qué me he puesto a hablar de mi exmarido. ¿No es una tontería? ¿No va en contra de las reglas?

La expresión de él se suavizó.

—En esto no hay reglas.

—¿No? —por lo que ella sabía, había un montón de reglas que le eran desconocidas—. ¿Estás seguro? Soy una novata en esto.

—Sí, estoy seguro. Mira, Portia, me gusta tu compañía. Nos divertimos juntos. El sexo es estupendo. Lo mejor sería disfrutar mientras dure. Pero si tú no quieres, respetaré tu decisión. No voy a presionarte.

Portia reflexionó sobre lo que Cooper acababa de decirle: nada de presiones, disfrutar mientras durase. Nunca en su vida había tenido una relación así, siempre se había sentido presionada para convertirse en la esposa perfecta.

Pero... ¿le había hecho eso feliz?

Le entristecía la idea de renunciar al sueño de un amor eterno, pero quizá una aventura pasajera era justo lo que necesitaba en aquellos momentos.

—¿Qué hay de Bear Creek Lodge? —preguntó ella.

—¿A qué te refieres? A menos que pienses que si nos acostamos juntos no podemos trabajar juntos, no veo cuál es el problema. No es necesario que compliquemos las cosas.

De repente, Portia se echó a reír.

—Eres mi jefe y también mi excuñado. A mí me parece bastante complicado.

—En el momento que quieras, no tendrás más que decírmelo y te dejaré en paz —declaró Cooper serio—. Si no te encuentras cómoda, ni siquiera tendremos que trabajar juntos en el proyecto.

Portia ladeó la cabeza, pensativa. Pero le llevó apenas unos segundos darse cuenta de que no quería renunciar a Cooper. Nunca en la vida se había sentido tan atractiva como Cooper le hacía sentirse. No quería dejar de acostarse con él.

—Si vamos a tener relaciones, creo que necesitamos establecer algunas reglas.

Cooper se encogió de hombros. Después, se acercó a ella y la abrazó.

—Creía que estábamos de acuerdo en que nada de reglas.

—Te equivocas. Para empezar, necesito tener mi propia habitación.

—Bien.

Cooper empezó a besarle la garganta.

—Aunque solo vengas a pasar aquí los fines de semana, repito que necesito mi propio espacio.

–¿Solo los fines de semana? –Cooper alzó la cabeza.

–Claro. Tú tienes que volver a Denver, ¿no?

–¿Volver a Denver? –repitió él mirándola con el ceño fruncido.

–Naturalmente. No puedes quedarte aquí, diriges una empresa, no lo olvides. Si quieres tener contentos a los de la junta directiva, vas a tener que continuar con tu trabajo. No puedes dejarlo todo y quedarte aquí conmigo.

–No, claro –contestó él nada convencido.

Al cabo de un momento, Portia ya no llevaba el vestido. Y cuando Cooper comenzó a bajarle las bragas por los muslos, se olvidó absolutamente de todo.

Después de su regreso a Denver el lunes por la mañana, a Cooper le resultó más difícil de lo que había pensado estar separado de Portia. Pero como ella había dicho, dirigía una empresa y debía estar allí, trabajando. Sin embargo, cuando una semana dio paso a otra, descubrió que cada vez se distraía más pensando en ella.

Hablaban todas las noches, por teléfono o por Internet. Fundamentalmente hablaban del proyecto, pero lo hacían con intimidad. Él también le hablaba de su empresa y, quizá por haber estado casada con Dalton o por tener un diploma en psicología, Portia parecía comprender bien lo que suponía dirigir una empresa y a tantos empleados. La comunicación con ella era fácil y fluida.

Ella insistía en ver las muestras de las alfombras o de las invitaciones, y eso resultaba fácil por Skype. ¿Cómo iba a quejarse de poder verla relajada con una copa de vino en la mano, el cabello recogido en un moño y vestida con un encantador pijama con estampado de muñecos de nieve? Nunca antes se le había pasado por la cabeza que un estampado de muñecos de nieve podría parecerle sexy, pero así era.

Y le produjo un gran placer despojarla de ese pijama a la semana siguiente, cuando fue a Provo.

Había ido para ver cómo iba Portia con el proyecto; pero, en realidad, pasaron gran parte del tiempo en la cama.

El fin de semana siguiente, Cooper ni siquiera pasó por Bear Creek Lodge, no salió de Provo. Parecía haber un acuerdo tácito entre ellos respecto a su relación, que solo duraría lo que durase la preparación y puesta en marcha del proyecto. Sin embargo, un mes le pareció muy poco tiempo.

Era domingo por la mañana y estaban terminando de desayunar cuando él se la quedó mirando fijamente mientras Portia saboreaba con gusto un cruasán. Portia exultaba sensualidad y él tuvo que contenerse para no hacerle el amor, contentándose con pasarle una mano por la pierna.

–Ya te había dicho que era el mejor restaurante del pueblo.

–Tenías razón. Nunca en la vida volveré a poner en duda tus palabras.

La ronca promesa le excitó. Era la primera vez que Portia se refería al futuro.

Portia debió haberse dado cuenta del significado oculto de sus palabras porque, al instante, sonrió y se separó de él.

–Quiero decir… mientras estemos juntos. Solo unas semanas más.

–Sí, claro –respondió Cooper sin dejar de notar la expresión de pánico de ella.

Portia se levantó de la cama, se puso la bata y se sentó en una silla. Acababa de dejarle muy claro que su relación no iba a durar.

Portia lanzó una nerviosa carcajada.

–Los dos sabemos que esto no puede durar, ¿verdad? Es la relación más extraña que uno pueda imaginar, ¿no te parece?

–¿Qué?

–Tú y yo… No encajamos, no tiene sentido.

Cooper sintió las palabras de Portia como una puñalada. En cierto modo, sabía que debía cambiar de tema, dejar de hablar de eso, distraerla con el sexo… Pero, sin embargo, le hizo una pregunta de lo más estúpido:

–¿Por qué has dicho eso? ¿Se trata de Dalton? ¿Sigues enamorada de él?

–¿De Dalton? –preguntó ella sorprendida.

–Viviste con él mucho tiempo –¿por qué le había preguntado eso? En realidad, no quería saberlo. Igual que no quería saber por qué Portia insistía en tener su propia habitación en el hotel y en que volviera a Denver los lunes. Estaba claro que Portia no quería tomarse su relación en serio–. Y aunque sé que fuiste tú quien solicitó el divorcio… En fin, no sé. Que no quisieras seguir casada con Dalton no significa que no le eches de menos.

—¿A Dalton? —repitió ella—. No, no le echo de menos en absoluto. Y ya no le quiero. Pero lo que sí echo en falta es esa parte de mí que estaba casada con él.

Cooper arqueó las cejas y ella, nerviosa, rio.

—Lo que quiero decir es que echo de menos la inocencia y la esperanza que tenía cuando me casé con él. Echo en falta a esa chica que creía en el amor. Sí, la echo de menos, siento no ser así ya.

Portia parecía triste. Y, después de oírla hablar así, se dio cuenta de que él también echaba en falta a aquella chica, esa joven Portia llena de esperanza e ilusión. ¿Había sido él así de joven alguna vez? ¿Había creído en el amor? No.

De tratarse de otra persona, la habría acusado de ser una sentimental. Pero era Portia y quería consolarla. Protegerla.

—Podrías casarte otra vez —sugirió él.

¿Por qué había dicho eso? ¿Y si a Portia se le ocurría pensar que él quería casarse con ella? Porque... ¿qué clase de idiota le mencionaba el matrimonio a la mujer con la que se estaba acostando si no quería casarse con ella?

Por suerte, Portia sacudió la cabeza sin reparar en eso.

—No lo creo, ya he superado esa etapa. Me parece que he dejado de creer en los finales felices. No lo digo con amargura, no es eso. He salido con algunos hombres después de Dalton y ninguno ha merecido la pena. No me he compenetrado con nadie y ya no espero encontrar a una persona que quiera lo mismo que yo de la vida.

–¿A qué te refieres con eso?

–¿Sabes por qué nos divorciamos Dalton y yo?

–¿Porque él pasaba demasiadas horas trabajando y no le dedicaba el tiempo que se merecía la maravillosa persona con la que se había casado?

Portia esbozó una débil sonrisa, como si no acabara de creerse el halago. Después, la sonrisa se desvaneció.

–No, no fue solo eso. A mí no me importaba su dedicación a Cain Enterprises. Antes de casarme sabía que Dalton estaba completamente entregado a la empresa y que yo ocuparía un segundo plano en su vida. No, no fue eso.

–Entonces… –dijo Cooper, instándola a que continuara.

–Yo quería tener hijos.

–¿Y él no?

–Sí, él también quería. Pasamos años intentándolo, pero no conseguimos tenerlos.

Portia bajó la cabeza, se la veía completamente abatida. Fue entonces cuando él recordó haber oído mencionar a Caro en voz baja en una celebración de Navidad que Portia había tenido otro aborto natural, dejando claro que no había sido el primero.

–Lo siento –¿qué otra cosa podía decir?

Portia se encogió de hombros de una manera que le hizo pensar que no quería la compasión de él, sino algo completamente distinto.

–¿Y es por eso por lo que te divorciaste?

—Sí, por eso. Yo quería seguir intentándolo, pero Dalton se negó.

—Dalton debería haber…

—No me malinterpretes. Yo no le echo la culpa a Dalton. Pero la infertilidad afecta a las relaciones de pareja. Es muy fácil obsesionarse con ello. Yo deseaba desesperadamente tener hijos y, a veces, creo que Dalton hizo bien en poner fin a todo eso. Yo quería someterme a más y más tratamientos de fertilidad. Cuando resultó que ninguno funcionó, decidí que quería adoptar. Dalton quería que nos tomáramos un tiempo para descansar y reflexionar, pero yo… En fin, fue cuando pedí el divorcio.

Cooper percibió el sentimiento de culpabilidad de Portia. Se culpaba a sí misma, no a Dalton, por su fracaso matrimonial. Pero él sabía la verdad: Dalton era una persona que había ignorado las necesidades de su esposa. Quizá no fuera eso todo, pero así lo veía él.

—Dalton debería haber sido mejor marido.

Portia volvió a esbozar otra sonrisa triste.

—Esa no es la cuestión.

—¿Cuál es la cuestión entonces?

—Me has preguntado por qué no creo que vuelva a casarme. Acabo de contestarte. Aunque soy la primera en admitir que la idea de tener hijos se convirtió para mí en una obsesión, ser madre sigue siendo muy importante para mí. Después de Dalton, creía que encontraría a alguien que compartiera el mismo deseo que yo, alguien que quisiera tener hijos tanto como yo. Pero no ha ocurrido y, al final, me he dado cuenta de que da igual. No necesito un marido para ser madre.

—¿Sigues con los tratamientos de fertilidad?

—No, ya no. He decidido adoptar un hijo.

—Ah, entiendo —respondió Cooper reclinando la espalda en el asiento.

—Llevo ya un año con un abogado especialista en adopciones. Pero, hasta el momento, no ha habido suerte.

—¿Por qué no? Serías una madre estupenda.

—Adoptar a un niño no es tan fácil. Además, hay muchas parejas que quieren adoptar, y ellos tienen prioridad ante una madre soltera —Portia se encogió de hombros, pero sus ojos cobraron vida al añadir—: Es por eso por lo que estoy empezando a inclinarme por el sistema de acogida, y adoptar a alguien algo más mayor, no a un bebé. Hay muchos chicos que necesitan un hogar y…

Portia se interrumpió súbitamente, parecía dudar de la conveniencia de haber revelado ese secreto. Y se apresuró a añadir:

—No sé por qué te estoy contando esto, no se lo había dicho a nadie.

Cooper se la quedó mirando. A los treinta y dos años, estaba tan guapa como a los veintiuno. Y cuanto más la conocía más atractiva la encontraba. Portia era inteligente, apasionada, generosa y sensible. Un desastre.

—Todavía no me has dicho por qué te parece tan disparatado que estemos juntos —comentó él.

—En fin, supongo que da igual que no seamos más que dos amigos pasándoselo bien en la cama.

–Exacto –dijo Cooper, sintiéndose inesperadamente decaído.

–Justo –respondió ella–. Si yo quisiera algo más que eso, tú serías la última persona que elegiría.

–¿La última persona?

–No te hagas el ofendido. Tú no quieres ser padre. Y aunque quisieras una relación algo más prolongada que la que vamos a tener, entre tú y yo todo sería complicado.

–Ya lo es.

Portia sonrió.

–Ya me rompió el corazón un Cain, no me gustaría repetir la experiencia.

Portia tenía razón, nunca podrían tener más que aquel mes, él no podía ofrecerle lo que ella quería.

Cooper bebió un sorbo del café y preguntó:

–¿Es por eso por lo que quieres encontrar a mi hermana?

–¿Qué? –preguntó Portia frunciendo el ceño–. No te comprendo.

–Temes que, una vez que se la encuentre, le cueste adaptarse a su nueva vida. Estás decidida a ayudarla a integrarse. Pero no estás pensando realmente en ella, ¿verdad? Estás pensando en la persona a la que quieres adoptar.

–Yo… –una profunda confusión le asomó al rostro–. La verdad es que no lo había pensado. No sé, quizá sea eso. Todo se puede resumir en que quiero sacar a un chico o chica de su mundo y traerle al mío. El chico o la chica dispondrá de todas las ventajas que, en estos momentos, le están vetadas;

106

no obstante, tendrá que vivir en un mundo duro y cruel.

Cooper sonrió.

–Si vas a adoptar a alguien que está en el sistema de acogida, lo más probable es que ese chico o chica proceda de un mundo duro y cruel.

–Sí, es verdad. Pero, a pesar de ello, se trata de un mundo con el que está familiarizado. Conoce las reglas del juego.

–Se te olvida una cosa: el chico al que adoptes te tendrá a ti para ayudarle.

Portia le apretó la mano.

–Me alegro de que seamos amigos.

¿Amigos? ¿Estaba de broma? ¿Acababan de hacer el amor y ella le consideraba solo un amigo?

Pero era él quien había insistido en una relación sexual sin compromisos. Pero él jamás había tenido relaciones sexuales con una amiga. Y ahora no podía evitar temer que el tiempo que les quedaba para estar juntos no fuera suficiente.

Solo faltaban quince días para el fin de semana de la exhibición deportiva, y había pensado en no aparecer por la empresa durante ese tiempo para poder pasarlo con Portia.

Nunca se había tomado unas vacaciones sin más. Jamás había querido dejar su trabajo para estar con una mujer. El hecho de que le ocurriera con Portia fue motivo suficiente para hacerle volver a Denver a toda prisa.

\*\*\*

Aunque no consiguió dejar de pensar en ella.

En vez de hablar por teléfono o por Skype, se comunicaron por correo electrónico. Al poco tiempo, los mensajes que le enviaba fueron adquiriendo un cariz íntimo e insinuante.

El jueves por la mañana, lo primero que hizo fue ver si Portia le había enviado un mensaje al despertarse. Sí, había un mensaje de ella:

*Te he reservado una habitación en el hotel para el viernes por la noche y el sábado. ¿De acuerdo?*

Cooper sintió un sobrecogedor deseo de estar con ella. Aquel día tenía una reunión tras otra en el trabajo, pero lo único que deseaba era agarrar un avión a Utah para reunirse con Portia.

Disgustado consigo mismo, respondió al mensaje:

*Voy a estar ocupado todo el día. No estoy seguro de poder ir a Provo este fin de semana. Por si acaso, no canceles la reserva de la habitación.*

Tardó exactamente once horas y cuarenta y dos minutos en leer los siguientes mensajes que Portia le había enviado: dos por la mañana y dos al mediodía. Nada más.

Esa noche, cuando Cooper contestó a los mensajes de ella, no recibió respuesta inmediatamente. El sentido común le dictaba que lo dejara estar, pero llamó a Portia por teléfono.

—Hola —contestó Portia con voz apagada antes

de lanzar una nerviosa carcajada–. Perdona que te haya enviado tantos mensajes.

–No, por favor, no te disculpes. Lo que pasa es que me he pasado el día entero reunido.

–No te preocupes, no era nada importante. El señor y la señora Beck están siendo muy comprensivos. No debería haberte molestado.

–No me has molestado. Y no te preocupes, confío en tu criterio.

–Esa es la cuestión –dijo ella–. Sé que tienes plena confianza en mí, igual que el matrimonio Beck. Me dicen que sí a todo.

–Está claro que quieren vender –comentó Cooper.

–Ellos están dejando en mis manos los arreglos del hotel para la exhibición. Por otra parte, tengo que encargarme de convencer a los inversores en tu nombre. ¿Estás seguro de que tengo capacidad para todo esto?

–Eh, tranquilízate. Te noto algo asustada.

Portia guardó silencio.

–Portia, relájate y dime qué es lo que te pasa.

–No lo sé –admitió ella–. De repente, me siento desbordada. Esto te está costando mucho dinero y puede que no dé los frutos deseados. ¿Y si fallamos? ¿Y si te fallo?

–Eso no va a pasar.

Portia lanzó un bufido.

–Tu confianza en mí resulta conmovedora, pero yo no estoy segura de poder sacar esto adelante.

–¿Por qué no te pones boca abajo para calmarte?

Portia, por fin, se echó a reír.

–Sigo sin comprender cómo puedes tomarte las cosas con tanta tranquilidad –dijo ella algo más relajada.

–Porque te tengo a ti en mi equipo. Por eso –respondió Cooper con sinceridad.

# *Capítulo Siete*

A Cooper le costó un ímprobo esfuerzo no estar en Provo la semana previa a la exhibición de tabla de nieve. Le resultó casi insoportable permanecer en Denver, cuando su sueño se estaba realizando en Beck´s Lodge. Al menos, esa era la explicación que se daba a sí mismo respecto a la ansiedad que sentía.

Limitó el contacto con Portia a mensajes electrónicos y a la ocasional llamada telefónica; la mayoría de estas últimas, como la que estaban manteniendo en esos momentos, tenían lugar por la noche, después de la cena y del trabajo.

—Bueno, entonces ya está —dijo Portia en el tono animado que siempre empleaba cuando pasaba de hablar del trabajo a temas más personales—. Creo que eso es todo.

—Bueno, yo…

—Ah, no, espera, se me olvidaba. Ayer recibí un mensaje electrónico de Drew Davis y hoy me ha llamado para confirmar que un par de amigos suyos van a venir mañana para preparar la pista de nieve para la exhibición. Van a…

—Eh, un momento —Cooper se incorporó en la cama—. ¿Te ha dicho un par de amigos o Los Amigos?

–No lo sé. ¿Por qué?

–Porque Los Amigos es un grupo muy particular formado por cinco de los mejores profesionales de la tabla de nieve del mundo. Son de la misma generación, y de ahí el nombre.

–¿Y Drew es uno de ellos?

–No, Drew y yo somos diez años mayores. Por eso no se me había ocurrido…

–Hay algo que no comprendo. ¿No habías sido tú quien había invitado a los esquiadores de tabla?

–Sí, a la mayoría. Pero Drew me dijo que quería invitar a unos tipos que conocía y yo le dije que sí –Portia le había distraído demasiado y se le había olvidado preguntar a Drew a quiénes había invitado–. Maldita sea, supongo que ya es demasiado tarde.

–¿Pasa algo? Acabas de decir que estos tipos son excelentes esquiadores, ¿no?

–Sí, están entre los mejores –admitió él a regañadientes.

–Entonces, si vienen a construir una pista para la exhibición, ¿cuál es el problema?

El problema era que Los Amigos, uno o dos en concreto, eran unos ligones.

–No, ninguno –dijo Cooper por fin, pero solo porque no se le ocurría nada que no le delatara como un estúpido celoso–. Lo único que… Bueno, ten cuidado, ¿de acuerdo?

–¿Que tenga cuidado? ¿Qué quieres decir?

–Solo eso, que tengas cuidado. Algunos de ellos tienen fama de mujeriegos.

–Tú también la tienes –observó Portia.

–Ya te he dicho que es una exageración.

–En ese caso, es posible que sea también una exageración respecto a ellos.

Bueno, de eso no estaba tan seguro. En realidad, estaba dispuesto a apostar que Stevey Travor, nada más ver a Portia iba a utilizar todos sus encantos. Por supuesto, Portia no iba a caer en ese juego; al menos, no al principio. No mientras estuviera con él.

Pero ambos estaban de acuerdo en que su relación acabaría al final de la exhibición. Y eso dejaba el campo libre a tipos como Stevey Travor.

–Solo te pido que no les hagas caso, ¿de acuerdo? Y no pases demasiado tiempo a solas con ninguno de ellos.

Portia lanzó una carcajada.

–No te preocupes, sabré arreglármelas. Además, no voy a pasar mucho tiempo con ellos, tengo cosas que hacer. Los del suelo van a venir mañana a encerarlo. Drew me ha prometido que se va a encargar de todo lo relacionado con la pista y que yo no voy a tener ni que acercarme.

–¿Eso te ha dicho Drew? –lo que le faltaba–. ¿Drew va a ir con ellos?

–Sí. ¿No te lo había dicho?

–No.

Al parecer, Portia se había hecho bastante amiga de Drew durante ese mes, mientras él estaba en Denver trabajando.

–¿No los consideras capaces?

–Sí, claro que sí –respondió él con voz tensa–. Son buenos, lo harán muy bien.

Cooper cortó la comunicación unos minutos después, antes de ponerse aún más en evidencia, tras asegurar a Portia que estaba encantado del modo como estaba haciendo las cosas.

Y así era. También estaba contento de que Los Amigos hubieran decidido cooperar en el proyecto. Eran unos esquiadores de tabla excelentes. Conocía a todos personalmente y sabía que su presencia atraería el interés de los medios de comunicación, igual que Drew. Le alegraba que pusieran su grano de arena en el proyecto y que estuvieran dispuestos a ayudarle.

Lo que no le hacía gracia era que Portia se hubiera mostrado tan deslumbrada al hablar de Drew Davis. También habría preferido que Stevey Travor no fuera.

Stevey era un mujeriego que sabía cómo llevarse a una mujer a la cama. Y Portia no tenía defensas ante eso, lo sabía por experiencia.

No conocía el poder de su belleza. Su inocencia, junto con la visión romántica que tenía de las relaciones, la hacía sumamente vulnerable frente a tipos como Stevey. O Drew.

Y ahora que lo pensaba, ¿no acababa Drew de divorciarse por tercera vez?

No, de ninguna manera iba a dejar a Portia sola en una montaña con esos dos.


Portia trabajaba doce horas al día con los preparativos de la exhibición de esquí de tabla de nieve y la fiesta. El poco tiempo libre que le quedaba lo había empleado en la búsqueda de Ginger. A pesar de las dudas de Cooper, estaba convencida de que Ginger era su hermana. La información que el investigador privado al que había contratado le había entregado lo confirmaba.

Se había puesto en contacto con Dalton y con Laney para hablar del asunto, e incluso había telefoneado a Griffin.

Era mediodía y estaba vigilando el trabajo del encerado del suelo cuando dos furgonetas se detuvieron a la puerta del hotel. Inmediatamente, salió al porche para evitar que alguien entrara y pisara los suelos, ya que la cera aún tenía que secarse.

Cada una de las furgonetas llevaba un remolque con cuatro motos de nieve. Las portezuelas se abrieron y de las furgonetas salieron doce hombres. Aunque quizá fueran menos, pero todos muy grandes. Y fuertes. Difícil saber cuántos había.

Al único que reconoció fue a Drew, ya que había visto fotos de él en artículos sobre su charla en las Naciones Unidas respecto al cambio climático; además, había formado parte del equipo olímpico de Cooper. Al igual que este, era atlético y esbelto, quizá unos dos o tres centímetros más bajo que Cooper. Llevaba el pelo largo y revuelto. Aunque guapo, carecía de la intensidad que tanto le atraía de Cooper.

Al verla, Drew subió los escalones de la entrada y la dio un abrazo como si fueran grandes amigos, a pesar de que su relación se limitaba a unas cuantas conversaciones telefónicas.

—¡Portia! ¡Qué alegría conocerte por fin!

–Sí, es verdad. Yo también me alegro de conocerte.

Cuando Drew la soltó, dijo:

–Ven, voy a presentarte a Los Amigos. Están deseando conocerte.

Portia miró al grupo. Algunos se habían puesto a descargar las motos de nieve, otros estaban sacando de las furgonetas enormes bolsas.

Drew les llamó para hacer las presentaciones. Después, la mayoría volvió al trabajo. Dos de ellos se quedaron a la espera, como si quisieran hablar con Drew.

Fue entonces cuando Drew le presentó a Wiley, el cámara; y a Jude, el director.

–¿Cámara y director? –preguntó ella sin comprender–. ¿No son también esquiadores?

–Principiantes –dijo un joven que no había vuelto a las furgonetas a seguir descargando.

¿Cómo había dicho que se llamaba? ¿Scotty...? No, Stevey.

–Han venido para filmar el proyecto –explicó Drew–. Van a filmar la construcción de la pista durante los próximos dos días, y después también filmarán la exhibición.

–Y Drew se va a convertir en estrella de cine, ¿eh? –comentó Stevey acercándose a ella al tiempo que le daba un juguetón golpe en el hombro con el suyo.

–No, nada de eso –contestó Drew–. Van a hacer un documental para la asociación Save Our Snow.

–¡Fantástico! –exclamó Portia–. He leído bastante sobre tu trabajo en la asociación y...

–Vas a venir a vernos trabajar, ¿verdad? –le interrumpió Stevey.

Portia le miró y casi sonrió. Parecía un perrillo faldero mordisqueándole los tobillos en el momento en que no capturaba toda su atención.

–No, no voy a poder –respondió Portia con sinceridad–. Tengo demasiado trabajo.

–¡Tienes que venir! Te va a encantar, ya lo verás.

Portia miró a Drew en busca de apoyo.

–La verdad es que...

–No es necesario que te quedes todo el tiempo. En el momento que quieras, yo mismo te traeré de vuelta.

Lo cierto era que, hasta que no terminaran de encerar y de pulir el suelo, no podía hacer gran cosa allí.

–¿Cómo vamos a subir a la montaña?

–En las motos de nieve. Subiremos, examinaremos el terreno y, después de elegir el sitio, comenzaremos a construir la pista.

–¿En las motos de nieve? –preguntó ella titubeante.

No había pensado en que iban a necesitar motonieves para subir a la montaña a ver la exhibición. Iba a haber treinta invitados y, en teoría, la exhibición estaba abierta al público. De esa forma, saldrían en la prensa local.

Portia frunció el ceño.

–Vas a venir, ¿verdad? –insistió Stevey.

–Sí, iré.

Eso le daría la oportunidad de hablar con Drew del problema del transporte.

Cooper emprendió el viaje al hotel por la mañana temprano. No estaba dispuesto a dejar a Portia con esos tipos más de lo que no fuera absolutamente necesario. Cuando llegó eran ya primera hora de la tarde, y no le hizo gracia enterarse de que Portia no estaba allí, sino con Drew Davis y Los Amigos en la montaña.

Habló con Drew por teléfono para saber dónde estaban exactamente. Entonces, tomó prestada de los dueños del hotel una moto de nieve e inició el camino montaña arriba.

Llegó cuando el grupo de deportistas ya casi había acabado de construir el trampolín de salto.

—Creía que no ibas a venir hasta dentro de unos días —le dijo Portia mientras Drew y él se estrechaban la mano.

Drew era el único junto a Portia. El cámara y el director, a los que conocía, estaban filmando a los esquiadores trabajando.

—No tenía mucho que hacer y he decidido venir —Drew tenía la mano en el hombro de Portia—. Quería echar un vistazo.

Drew sonrió traviesamente, como si le hubiera leído el pensamiento.

—Todo está bien. No tienes de qué preocuparte.

Portia le miró y los ojos se le iluminaron.

—¿Has visto todo lo que han hecho? Han movido la nieve de ahí hasta allí… —Portia señaló hacia la izquierda—. No me lo puedo creer.

En ese momento, Stevey Travor miró en su dirección y sonrió burlonamente.

–Por cierto, estaba preocupada con lo del transporte –continuó Portia–. No se me había ocurrido pensar que la exhibición iba a ser aquí. ¿Cómo vamos a hacer para que los posibles inversores suban a la montaña?

–Mmm –murmuró Cooper, sin poder pensar en otra cosa que no fuera Portia en medio de esos tipos.

–Y yo ya le he dicho que solo necesitábamos un quitanieves para construir la pista al lado de la carretera –explicó Drew dirigiéndose a su amigo.

–¿Sabías que se podía hacer eso? –preguntó Portia a Cooper–. Se lleva la nieve de un sitio a otro y se construye la pista donde se quiera. Increíble, ¿no?

Cooper arqueó las cejas.

–¿Se te ha olvidado que yo también soy esquiador?

–Bueno, claro, pero…

Justo en ese momento Stevey se reunió con ellos.

–Eh, hola, viejo –Stevey le dio un golpe en el hombro y guiñó un ojo a Portia–. La tenemos impresionada. ¿Verdad que sí, encanto? –preguntó mirando a Portia.

Cooper sintió una ira irracional que le hizo querer liarse a golpes con ese hombre. Fue entonces, cuando se dio cuenta de que tenía un grave problema.

Al parecer, no estaba listo para romper la relación con Portia.

–Bueno, creo que es hora de volver al hotel –dijo Cooper poniéndole a Portia una mano en el brazo y empujándola suavemente hacia la moto de nieve–. Los del suelo me han dicho que querían consultarte algo.

Después de dar unos pasos, Portia se detuvo.

–Eh, espera. ¿No quieres quedarte para verles terminar? Es impresionante lo que están haciendo.

–Sí, quédate –dijo Stevey con una sonrisa–. No me importa llevar a Portia al hotel si quieres quedarte.

–No, no es necesario –respondió Cooper–. Sé muy bien de lo que sois capaces. Ya os he visto en acción muchas veces.


–No lo comprendo –dijo Portia mirando el vacío vestíbulo del hotel. Los del suelo no estaban allí, y la furgoneta tampoco. Habían dejado una nota en la puerta diciendo que el suelo no se podía pisar en doce horas. Había quedado precioso. Se volvió a Cooper–. ¿Qué pasa aquí?

Cooper avanzó un paso, dispuesto a entrar en el vestíbulo, pero ella le puso una mano en el pecho, impidiéndoselo.

–No, ni se te ocurra pisar el suelo. ¿Es que no has leído la nota? No se puede pasar.

–Entonces, ¿qué vamos a hacer? ¿Nos vamos a quedar aquí?

–No, entraremos por la puerta de atrás, la de la cocina. Pero también tenemos que ir con cuidado por ahí, los de la limpieza han pasado cuatro días dejándolo todo listo para la inspección y el inspector va a venir mañana.

Después de entrar por la puerta posterior, Portia, con el ceño fruncido, le miró.

—Bueno, ¿qué es lo que pasa? ¿Ocurre algo?

—No. Lo que pasa es que no quiero que estés por ahí con Drew, Stevey y los otros, nada más.

—Ah —Portia tomó aire, sin saber cómo interpretar las palabras de Cooper—. Entiendo, no quieres que esté con tus amigos.

—Creo que lo mejor para todos es que pases con ellos el menor tiempo posible.

—Ya.

Lo que Cooper acababa de decirle le dolió profundamente. Se apartó de él para que no se lo notara. No estaban juntos. Se habían comportado como una pareja las últimas semanas, pero no lo eran. Se había olvidado de los límites de su relación.

—Bueno, supongo que tienes razón en lo que dices. De acuerdo.

—Gracias —respondió Cooper con tosquedad.

Su relación con Cooper iba a acabar pronto y, además, él ya la conocía bastante. Por tanto, no había motivo para no decirle exactamente lo que pensaba.

Cooper vio que la expresión de Portia traicionaba sus palabras. No, no le había parecido bien lo que le había dicho. Tenía el ceño fruncido y los ojos se le habían oscurecido. Y apretaba los labios.

—No, en realidad no estoy de acuerdo.

–¿No?

–No. Lo estaba pasando bien con ellos. Además, si quieres que te sea sincera, me ha molestado tu actitud al verme con ellos.

–¿Y qué querías que hiciera, no decir nada y dejarte ahí con el tontaina de Stevey Travor?

–Te aseguro que te entiendo. No somos una pareja de verdad y no quieres dar pie a que piensen que lo somos. Bien, de acuerdo. Quieres que no me relacione con tus amigos y no lo haré. Pero es un comportamiento muy miserable por tu parte, por si no lo sabías. Porque, a pesar de lo simpáticos y amables que han sido conmigo, ahora resulta que tengo que tratarles con frialdad y distancia. Lo haré, pero quiero que sepas que lo que me pides me parece propio de un perfecto imbécil.

Portia calló, pero echaba chispas por los ojos.

–¿Has acabado? –preguntó él con voz suave.

Portia entrecerró los ojos como si estuviera mirando qué podía tirarle a la cabeza. Pero entonces asintió.

–Pues deja que te diga que no me importa que te hagas amiga suya o no. Por mí como si montas un club de fans de ellos.

–En ese caso, ¿por qué has insistido en que no pase tiempo con ellos?

La completa y total confusión que mostraba Portia le enterneció. No lo entendía. En absoluto.

Cooper cruzó la distancia que los separaba. Ella retrocedió hasta un rincón de la cocina. Se la veía nerviosa, como si quisiera echarse a correr. Pero él alzó una mano y le acarició la mejilla.

–No quiero que estés con ellos porque trato de protegerte.

–¿Protegerme de ellos?

–Stevey Travor es un mujeriego. A la menor oportunidad intentará acostarse contigo.

Portia pareció perpleja y luego se echó a reír.

–¿Tienes miedo de que me acueste con Stevey Travor? Eso es absurdo.

–Créeme, le he visto en acción. Es bastante seductor.

–Es como un perrillo faldero. Eso sin mencionar que tiene diez años menos que yo. Es un niño.

–Genial –murmuró él de mal humor–. Me alegro de que esto te parezca tan divertido.

Portia sacudió la cabeza y sonrió.

–Y yo estoy segura de que no se le pasará por la cabeza seducirme. Es un tontería.

–No es ninguna tontería y me está volviendo loco.

–¿Que te está volviendo loco? –preguntó ella casi sin respiración.

–Sí.

Cooper se apartó de Portia un paso y se la quedó mirando. Llevaba más de dos semanas separado de ella, dos semanas que se le habían hecho eternas. ¿Por qué? ¿Cómo era posible que Portia se hubiera convertido en alguien esencial en su vida en tan poco tiempo? Era una mujer adorable, pero su atractivo iba mucho más allá que de lo físico.

Una sombra le cruzó los ojos a ella, una sombra con atisbos de tristeza.

–Lo siento, Cooper. Siento lo que te pasa, pero eso no tiene nada que ver conmigo.

–¿Que no tiene nada que ver contigo? ¿Estás de broma?

–No –respondió Portia seria–. Me has dicho claramente que no quieres una relación, que no te intereso más allá de la cama. Las aventuras pasajeras son así, ¿no? No tienes derecho a estar celoso. Lo único que querías era acostarte conmigo y lo has hecho, nada más.

–¿Crees que lo nuestro es solo sexo?

–¿Qué otra cosa puede ser?

–Si lo único que me importara de ti fuera el sexo me habría acostado contigo hace años, no me habría pasado la última década atormentado por la idea de que estabas enamorada y casada con mi hermano. No es tu cuerpo lo único que quiero, Portia, sino toda tú. Me gusta tu orgullo, tu cabezonería y tu compasión. Me gusta como eres.

Entonces, Cooper se echó a reír. Lo hizo porque, de no saber como sabía que el amor era un producto de la imaginación, lo que había dicho podría haberse tomado como una declaración de amor.

# *Capítulo Ocho*

A pesar de que Cooper le estaba hablando de lo mucho que la deseaba, Portia era consciente de la multitud de razones por las que no debía enamorarse de él. Pero no podía dejar de escucharle. No podía dejar de aferrarse a todas y cada una de las palabras que él había pronunciado. De hecho, no pudo evitar arrojarse a sus brazos y entregarse a lo que más deseaba en el mundo.

Aceptando la invitación, Cooper la abrazó y la besó. El baile de sus lenguas la hizo temblar. Cooper besaba como hacía todo lo demás, con una confianza rayando la arrogancia que la volvía loca.

La temeridad de Cooper la dejaba sin respiración. No dudaba de la respuesta de ella, eso para él era impensable. Y sabía exactamente lo que ella quería.

En esta ocasión, la besó y la acarició sin la fineza de las otras veces, con pasión y apenas controlada desesperación.

Cooper comenzó a acariciarle las caderas y después le cubrió las nalgas con las manos. El placer que le produjo la hizo lanzar un gemido.

—Maldita sea, Portia —murmuró él con voz ronca.

Cooper la alzó mientras le besaba la garganta.

El fuego se le extendió por el cuerpo y se arqueó hacia él. Entonces, de repente, sus pies dejaron de tocar el suelo. Cooper la había llevado al mostrador de la cocina y ella le rodeó la cintura con las piernas, sexo contra sexo. Un estremecimiento de puro placer la sacudió. Cooper sabía lo que ella quería, sabía muy bien cómo acariciarla.

Los besos de Cooper la embriagaban, le hacían perder la cabeza. Respiró hondo un par de veces, con desesperación, mientras él le absorbía el sentido. Quería ver a Cooper desnudo; le tiró de la camisa y deslizó las manos por debajo de la prenda para tocarle el pecho.

Le deseaba locamente.

Al momento, Cooper se desnudó con una rapidez vertiginosa. Nunca había visto a un hombre con tantas ganas de desnudarse. Y le encantó. Era increíble que un hombre la deseara de esa manera y que ese hombre fuera Cooper. Y con la misma rapidez con que se había despojado de la ropa, Cooper la desvistió a ella también.

Y cuando Cooper colocó la cabeza en su entrepierna, perdió del todo la cabeza.

No se reconocía a sí misma, no reconocía a esa mujer desnuda sentada en el mostrador de la cocina mientras él la devoraba. No, no era ella, pensó mientras estallaba en mil pedazos.


Cooper subió las escaleras con Portia en los brazos y la llevó a uno de los dormitorios vacíos. Allí, volvió a hacerle el amor una vez más, lentamente, mientras trataba de evitar la intrusión en su mente de los motivos por los que no deberían estar juntos. No esos motivos suyos egoístas que le servían de excusa para rechazar cualquier tipo de relación seria con una mujer, sino los motivos que concernían a Portia, motivos de peso, motivos por los que ella no quería tener una relación duradera con él: Portia había sufrido, quería adoptar, no le veía asumir el papel de padre, no podía considerar la posibilidad de que formara parte de su vida.

Pero mientras pudiera acariciarla y besarla podía olvidar todo lo demás.


Portia estaba sola cuando se despertó en el dormitorio de Bear Creek Lodge en el que había dormido algunas veces, los días cuya jornada de trabajo se había prolongado hasta altas horas de la noche, demasiado tarde para pedir un taxi que la llevara al hotel de Provo. Después de que Cooper la llevara allí y volviera a hacerle el amor, se había quedado dormida en los brazos de él. ¿Había dormido así alguna otra vez en su vida, tan abrazada a alguien? ¿Se había sentido alguna vez tan unida a un hombre?

No, no lo creía.

No le sorprendió que Cooper no estuviera allí, debía haber ido a ver qué hacían Drew y Los Amigos.

Permaneció tumbada en la cama y admitió para sí misma que lo que había entre Cooper y ella no era solo una cuestión de sexo, sino algo mucho más complicado. Ahora conocía mucho mejor a Cooper, lo respetaba y le había tomado un profundo cariño. Lo que había comenzado como una aventura pasajera se había tornado en algo profundo, complejo y que escapaba a su control.

Pero, en su vida, no había cabida para esa relación. Todo sería diferente si Cooper quisiera una relación seria, pero desgraciadamente no era así, a Cooper solo le interesaba una relación breve y superficial. Quería sexo sin amor.

Al menos, eso era lo que Cooper le había dicho al principio. Aquella tarde había albergado la esperanza de que Cooper se hubiera retractado y le hubiera dicho que sentía algo más por ella; sobre todo, después de la maravillosa forma como le había hecho el amor. Pero Cooper, después de acostarse con ella, se había marchado y la había dejado sola en la habitación.

Portia no quería ser la amante de Cooper durante unas semanas, pero tampoco quería darse por vencida; al menos, de momento. Sin saber cómo, se había enamorado de Cooper.

Se vistió y bajó al piso principal por las escaleras de servicio en la parte posterior de la casa. Abajo, oyó el rugir de las motos de nieve. Durante un instante, dudó de estar preparada para encontrarse delante a unos cuantos deportistas alocados y fingir que nada había pasado.

Por fin, con decisión, se dirigió a la cocina, salió del hotel y se encaminó hacia el lugar de donde provenían las risas.

Cooper estaba con sus compañeros enfundado

en un traje de nieve, perfectamente integrado en el grupo. Acababan de aparcar las motos de nieve y las estaban descargando para meter el equipo en las furgonetas. Bromeaban sobre quién había trabajado más y quién se había hecho el remolón.

Y, por primera vez desde que estaba allí, Portia sintió dudas, tanto respecto a su relación con Cooper como a la idea de la fiesta. Y también dudaba del verdadero motivo por el que Cooper quería comprar aquel lugar. En principio, él quería abrir un hotel de lujo para gente que practicaba el esquí de tabla de nieve, pero… ¿le gustaría estar allí a ese tipo de gente?

El grupo de deportistas que tenía delante no parecía gente acostumbrada al lujo.

Dudas y temores la sobrecogieron. Acababa de comprender algo sobre su relación con Cooper. Sí, él quería Bear Creek Lodge, pero sus motivos eran dudosos. Cooper quería el prestigio social que le procuraría la propiedad de un hotel de lujo, pero la propiedad en sí le daba igual. Lo que quería eran las ventajas que de él podía sacar.

¿Acaso le pasaba lo mismo con ella? ¿Estaba Cooper con ella porque la deseaba o porque ella representaba éxito, riqueza y privilegios?

Sintió náuseas. Pero a punto de volver a la casa corriendo, Stevey la vio y se acercó a las escaleras del porche.

—¡Eh, hemos terminado! Volveremos mañana para probar la pista y para filmar parte del documental. Vendrás a verlo, ¿no?

Portia lanzó una mirada a Cooper, que la estaba

observando con expresión ilegible. Entonces, sonrió a Stevey, ocultando la tristeza y la frustración que se habían apoderado de ella.

–No lo sé. Ya veremos mañana.

–Tienes que venir –insistió Stevey.

–Lo intentaré –pero no podía prometer nada hasta no hablar con Cooper.

En cuestión de unos minutos Drew y el resto del equipo se marchó. Cooper se acercó al porche y apoyó un hombro en uno de los postes.

–¿De qué hablabais Stevey y tú? –preguntó Cooper.

–Me ha preguntado si iba a ver las pruebas y el rodaje mañana.

–¿Y qué le has contestado?

–Le he dicho que ya veríamos –Portia respiró hondo, lanzándose a lo inevitable–. Cooper, tenemos que hablar.

Cooper la miró con los ojos entrecerrados como si esperase recibir un puñetazo.

–He contratado a un detective privado –declaró ella sin ceremonias.

Había pensado en tener aquella conversación después de la exhibición, pero después de conocer a los esquiadores le habían asaltado las dudas sobre la viabilidad del hotel. Tenía que contarle a Cooper aquello ahora que todavía tenía su atención.

–¿Un investigador privado?

–Se llama Jack Harding. Y sí, ya sé que Hollister

dijo que eso iba contra las reglas., pero Hollister os impuso esas reglas a Dalton, a Griffin y a ti. Eso no tiene nada que ver conmigo porque yo no compito por el dinero, así es como lo veo. Por eso he contratado a un detective para que la busque.

Cooper se cruzó de brazos y la observó con expresión inescrutable mientras ella se acercaba al mostrador de la cocina para agarrar una bolsa de la que sacó unos mensajes electrónicos que le había enviado Jack y que ella había impreso en el hotel.

—Jack empezó la búsqueda en el hotel en el que la conocí y donde trabajó de camarera para la gala a la que asistí —dijo Portia manejando los papeles—. En el hotel no sabían quién era Ginger, lo que pareció extraño al principio; pero el gerente de la empresa de catering explicó que era normal contratar a camareros solo para ese tipo de fiestas.

Portia le dio los papeles a Cooper y continuó:

—Aquí está el mensaje de la agencia de trabajo, dice que ellos tampoco han tenido a nadie que se llame Ginger. Lo que me hace pensar que me dio un nombre falso. Pero quizá lo hiciera para evitarse problemas, ya que le había tirado una copa de champán a mi madre. Por eso le pedí a Jack que volviera al hotel e hiciera preguntas a los otros empleados, cosa que hizo. Y a partir de ahí es donde todo parece muy extraño.

Portia volvió a interrumpirse. Cooper la miró y arqueó las cejas levemente.

—Jack habló con veintiún empleados y doce de ellos la recuerdan, pero nadie sabe quién la contrató ni quién le pagó. Y de esos doce empleados, a cinco de ellos les dio un nombre diferente.

Cooper dejó los papeles encima del mostrador, empujándolos hacia ella.

–En definitiva, no has descubierto nada.

Ella, con gesto desafiante, empujó los papeles de nuevo hacia él.

–¿Te parece poco todo esto?

–No la has encontrado.

–He encontrado a una mujer que está intentando por todos los medios esconderse de vosotros.

–¿Por qué iba a hacer eso?

–Creo que sabe que la estamos buscando. Creo que sabe que es la hija de Hollister –declaró Portia con absoluto convencimiento–. Todo el mundo en Houston sabe que la familia Cain siempre atiende a las galas de la fundación La Esperanza de los Niños. Si ella sabía que era una Cain, la gala era la oportunidad perfecta para observaros sin que vosotros os dierais cuenta, sin vosotros saber quién era ella.

–Hay un problema con tu lógica –dijo él en tono desdeñoso–. Estás suponiendo que quiere ocultarnos su identidad, pero muy bien podría ser que lo que no sabe es que existimos. Lo único que parece cierto es que intenta ocultar su identidad, pero nada más.

–¿Qué otro motivo podría inducirle a aparecer en la gala y trabajar sin cobrar?

–Puede que sea una ladrona.

–Maravilloso. Ahora resulta que tu hermana es

un personaje de una novela de Dickens –¿por qué Cooper no podía verlo?–. No entiendo por qué te tomas todo esto tan a la ligera. Se trata de un dato más respecto a su identidad.

–No, no lo es –respondió él con enfado–. No has descubierto nada. Todo esto no es más que información sobre una mujer de la que no sabemos nada. ¿Qué esperas que sienta?

Portia alzó los brazos en señal de exasperación.

–No lo sé. Lo único que quiero es que sientas algo.

–¿Por qué? –Cooper dio un paso hacia ella–. ¿Por qué tengo que sentir algo? Aunque encontraras a la hija de Hollister, aunque estuviera justo en este momento delante de la puerta, ¿por qué iba yo a sentir algo por ella?

–Porque es tu hermana.

–No, no lo es. Yo no tengo una hermana. Esta mujer, quienquiera que sea, es otra hija bastarda de Hollister. ¿Quién te dice que no hay una docena más? ¿Por qué demonios te importa tanto encontrar a esta mujer?

–Porque es tu hermana –repitió Portia, pero con voz queda, casi sin poder hablar debido al nudo que se le había formado en la garganta.

–Yo no tengo nada que ver con esta mujer. Que compartamos algunos genes no significa que la considere parte de mi familia.

–¿Te pasa lo mismo con Griffin y Dalton?

–Sí.

–¿A pesar de haber pasado las vacaciones de verano con ellos desde que tenías diez años?

–Sí.

–¿A pesar de haber vivido con ellos después de que tu madre muriese?

–El hecho de que viviera en la misma casa que ellos no significa que formara parte de la familia.

–¿Sabes qué? Tienes razón –le espetó ella con suma frustración–. ¿Sabes qué hace que uno sea parte de una familia? Te lo voy a decir: pasar tiempo con la familia. Si hubieras querido formar parte de la familia Cain deberías haber hecho algún esfuerzo. Pasé años invitándote el día de Acción de Gracias y a pasar con nosotros la Navidad. Siempre que había una reunión familiar te invitaba. Pero tú casi nunca apareciste. Y, la mayoría de las veces, ni siquiera te molestaste en responder a la invitación. Así que no me vengas con críticas a la familia.

Cooper echó la cabeza hacia atrás y lanzó una carcajada.

–Genial. Absolutamente genial.

Portia parpadeó sin comprender.

–¿Qué es lo que te hace tanta gracia?

–Tú echándome en cara que no apareciera a las reuniones familiares.

–Pues yo no le veo la gracia –Cooper seguía riendo y ella no lo entendía.

–No es gracioso, sino irónico. ¿Nunca te has preguntado por qué no acudía a esas reuniones? Bien, te lo voy a decir: no iba porque me gustabas, y sabía que yo a ti también.

Portia quiso protestar, pero las palabras se le atragantaron. Cooper cerró la distancia que los separaba y le agarró la barbilla con una mano. Lo hizo con suavidad, pero con firmeza, obligándola a mirarle a los ojos.

—Nos gustamos desde el día de tu boda, cuando te sorprendí haciendo el pino. Te deseo desde entonces. Y no asistía a las reuniones familiares porque no quería verte con mi hermano.

—Y nunca habría…

—Lo sé. Sé que nunca habrías hecho nada estando casada con Dalton, pero no estaba tan seguro de mí mismo. Por eso os evitaba.

De repente, a Portia le dio miedo que se le desgarrara el corazón. Ahora, por fin, se enfrentaba al verdadero motivo por el que no podían estar juntos: Dalton. Siempre y cuando su relación fuera pasajera, no tenía importancia. Nadie se enteraría.

—Sí, tienes razón, siempre ha habido algo entre los dos, a pesar de haberlo ocultado. Pero creo que yo ya no puedo seguir fingiendo

Cooper se la quedó mirando.

—¿Qué quieres decir, que hemos acabado?

—Sí —respondió Portia con sumo dolor.

Cooper la agarró por los brazos.

—Lo que has dicho no me gusta nada.

—A mí tampoco —admitió ella—. Pero ¿cuál es la alternativa? ¿Que empecemos a salir juntos y te presente a mis padres? ¿Quieres que le diga a mi madre que nos estamos acostando juntos? ¿Y todo el lío que se podría montar solo porque nos lo pasamos bien en la cama? No, lo siento, Cooper. Te conozco y sé que las mujeres son meros objetos para ti. Durante tu etapa rebelde eran las modelos y los escándalos olímpicos. Pero ahora lo que quieres es ser respetable, de ahí tu interés en una chica rica y un hotel de lujo. Lo hemos pasado bien, pero sabía que no iba a durar toda la vida.

Le había dicho eso para hacerle daño. Sabía que era una mezquindad, pero quería devolverle algo del sufrimiento que Cooper le había causado.

–No, tienes razón, ninguno de los dos queremos que esto dure –Cooper sacudió la cabeza y lanzó una amarga carcajada–. De todos modos, no me gusta que lo dejemos.

–Pues lo que te voy a decir a continuación te va a gustar menos: creo que esto no es una buena idea.

–¿Lo nuestro? Creo que ya hemos dejado las cosas claras, ¿no?

–No, me refiero a convertir Bear Creek Lodge en un hotel de lujo.

Cooper entrecerró los ojos.

–Has tomado demasiado cariño a este sitio, ¿verdad? Su pasado, su historia…

–No, no es eso. No es que crea que vayas a estropear este edificio, lo que pasa es que creo que si desarrollases tu proyecto al final se volvería en contra tuya.

–Lo que acabas de decir no tiene sentido.

–Sí que lo tiene. Estás convencido de que hay un mercado para un hotel de lujo que atraiga a esquiadores de tabla de nieve, y yo no lo pongo en duda. Pero ¿te gustaría pasar el rato con los esquiadores que vinieran aquí? He visto a tus amigos, son la clase de gente que vendría por ti, pero no porque les gustara el hotel.

—¿Crees que Drew, Stevey y los demás son amigos míos?

—Han venido a ayudarte, ¿no?

—Han venido por la nieve.

—No, han venido por ti. Porque te aprecian. Tú no estabas presente mientras construían la pista, pero yo sí. No dejaban de hablar maravillas de ti. Creías que querían ligar conmigo, pero te equivocas. No se les pasó por la cabeza porque pensaban que tú y yo éramos pareja. Me hablaban bien de ti. Y sí, puede que les guste la nieve polvo, pero han venido por ti, para ayudarte, porque te consideran su amigo.

Cooper se la quedó mirando como si le costara asimilar sus palabras. Después, bajó los ojos y asintió.

—Es posible.

—Y, en mi opinión, tú también les aprecias. Y creo que les admiras mucho más que a un imbécil como Robertson o como tu padre.

Cooper sonrió.

—De eso no hay duda.

—En ese caso, ¿por qué te empeñas en demostrarles a Robertson y a tu padre lo que vales? ¿Por qué te importa su opinión? ¿Por qué no haces con esta propiedad lo que te venga en gana? ¿Por qué no haces algo pensando en la gente que realmente te importa?

—¿Me dices esto ahora, después de todo lo que hemos trabajado?

—Te lo digo ahora porque a partir de la semana que viene ya no estaré contigo y por eso no podré decírtelo entonces. Pienso que estás cometiendo un error y por eso tengo que decírtelo ahora —respondió ella, sintiendo cada palabra que había pronunciado como un puñal en el corazón.

Esperó a ver si Cooper le daba la razón. Sin embargo, él sacudió la cabeza.

—Estás equivocada. Beck´s Lodge va a ser algo maravilloso. Es lo mejor que puedo hacer como director ejecutivo de Flight+Risk.

Portia quiso rebatirle, pero ¿qué más podía decir? Al fin y al cabo, era decisión de Cooper. No sabía si Bear Creek Lodge sería un fracaso rotundo para Cooper, pero para ella sí lo había sido.

A pesar de estar convencida de que el proyecto de Cooper iba a repercutir negativamente en él, Portia tuvo que admitir que el cambio que había dado Bear Creek Lodge era espectacular.

Aparte de deshacerse del mostrador de recepción del vestíbulo, los cambios realizados eran solo superficiales, pero sumamente efectivos: había retirado unos viejos muebles del vestíbulo y los había sustituido por unos sillones, en el lugar que había ocupado el mostrador ahora había unas mesas de bufé, el resto de los cambios eran cuestión de iluminación.

Portia se paseó por la estancia, satisfecha de los resultados. Los invitados estarían allí en media hora. Los camareros de la empresa de catering estaban sacando ya los aperitivos. El grupo de música estaba ya preparando los instrumentos en un rincón.

Cooper se le acercó y miró a su alrededor. Se detuvo muy cerca de ella, pero sin tocarla. Un precipicio se había abierto entre ellos.

–Ha quedado muy bien –dijo Cooper con frialdad–. Sabía que lo conseguirías.

Portia volvió la cabeza para mirarle.

–Todavía no hemos conseguido nada. Además, esto es el principio, nos queda también mañana. Después se verá si hemos conseguido convencer a alguien para que invierta en el proyecto o si consigues que la junta directiva de tu empresa lo apruebe.

–Yo no tengo ninguna duda de conseguirlo. Esto ha quedado estupendo, cualquiera de los que van a venir será capaz de ver sus posibilidades.

A Portia se le revolvió el estómago, sabía que Cooper tenía razón. Era un hombre con tal determinación que resultaba imposible no creer que lograría el éxito. Pero, en el fondo, ella sabía que se volvería en su contra.


Unas horas más tarde, cuando la fiesta estaba en pleno apogeo, Cooper, que hablaba con uno de los posibles inversores, vio entrar por la puerta a su hermano Dalton con Laney del brazo. Laney, después de quitarse el abrigo, estaba encantadora con el vestido amarillo que llevaba. Ambos se hicieron a un lado y fue entonces cuando vio también a Griffin con Sydney, su esposa.

¡Vaya, parecía una reunión de la familia Cain! ¿Quién les había invitado?

Al instante, vio a Portia acercarse al grupo de recién llegados. Portia besó a Laney y a Sydney y entonces Dalton la abrazó. Ver eso le produjo un ataque de celos; no unos celos superficiales como le había pasado con Drew y Stevey, sino algo profundo y sombrío, algo arraigado en una vida de resentimiento.

Cuando se acercó a sus hermanos y sus respectivas esposas, Portia estaba estrechando la mano de Griffin y le sonreía amistosamente.

–Dalton, Griffin –Cooper asintió–. No sabía que habíais sido invitados.

–Los he invitado yo –aclaró Portia–. Por cierto, Cooper, ¿sabías que el hermano menor de Sydney practica el esquí de tabla de nieve?

–No, no lo sabía –respondió Cooper forzando una sonrisa.

–La verdad es que no es algo que me entusiasme –contestó Sydney riendo–. Pero queríamos ver qué era lo que estabas haciendo –entonces, se volvió a Portia y añadió–: Sobre todo, después de las maravillas de las que nos ha hablado Portia respecto a este lugar.

–Bueno, ¿y qué os parece? –preguntó Portia al grupo.

–Es increíble –dijo Laney–. Ahora entiendo por qué estás tan entusiasmada.

Cooper lanzó una mirada a Portia. ¿Había invitado a Dalton y a Laney antes o después de adoptar una opinión negativa del proyecto? ¿Les había invitado para que le apoyaran a él o para que reforzaran la opinión de ella?

El grupo de música estaba tocando una canción de los sesenta, una canción de amor nostálgica que hizo que mucha gente se pusiera a bailar.

–Deberíais salir a bailar –les dijo Portia–. La siguiente es una balada, será perfecta. Después, si queréis, os contaré la historia de este edificio y los planes de Cooper.

En ese momento los músicos empezaron a hacer sonar los primeros acordes de la balada.

–¿No vas a invitarme a bailar, Cooper? –le preguntó Portia con aire inocente.

Cooper sintió unas tremendas ganas de salir de allí, agarrar una tabla y perderse en la nieve. Quería alejarse de Portia y de todo lo que ella representaba, lo que él jamás podría tener. Porque no podía tenerla a ella por mucho que lo deseara. Sin embargo, en vez de marcharse, llevó a Portia a la pista de baile. Allí, le puso la mano en la espalda, justo en el lugar en el que acababa el escote de la espalda del vestido, por lo que sus dedos rozaban la suave piel de ella.

–Muy hábil –dijo Cooper–. ¿Les has invitado para demostrar que tienes razón, que yo no tengo lo que hay que tener para llevar este hotel? ¿Para demostrar que Dalton y Griffin tienen clase y siempre la tendrán, al contrario que yo?

–¿Lo ves? Sabía que ibas a malinterpretarlo todo –pero a pesar de la acusación, le sonrió–. Les he invitado porque hace años que no los ves.

–Gracias a la estúpida búsqueda de Hollister,

este último año los he visto más que nunca –contestó él, corrigiéndola.

–Las reuniones que ha convocado Hollister en las que te has reunido con tus hermanos no las considero reuniones familiares precisamente.

–¿Quién te ha dicho que quiero esa clase de relación con mis hermanos?

Portia se detuvo en medio de la pista de baile mientras las demás parejas bailaban a su alrededor.

–¿Sabes lo que pienso? Que te has pasado la vida albergando un resentimiento hacia tus hermanos que solo se debe a que son hijos de Hollister y que ya no sabes lo que quieres ni lo que necesitas –declaró ella mirándole fijamente–. Y lo que necesitas son amigos que te quieran por ti mismo, por lo que eres. Y necesitas una familia que te quiera. Y todo eso lo tienes, pero te niegas a reconocerlo y a aceptarlo.

–¿Y a ti te parece bien haber esperado a decirme esto en este momento?

–No, en absoluto –respondió Portia ladeando la cabeza ligeramente–. ¿Pero en qué otro momento voy a poder decírtelo? No vamos a volver a vernos después de este fin de semana, así que he aprovechado la última oportunidad que tengo.

–¿Y crees que sabes lo que yo necesito? ¿Lo mismo que sabes lo que debería hacer con Beck's Lodge?

–No. No me importa lo que hagas con este lugar. Me encanta el edificio, pero solo me importa lo que tú necesitas. Conviértelo en un hotel si

142

quieres, eso es cosa tuya. Pero ¿sabes lo que creo yo que necesitas? Más gente que te quiera. En cualquier caso, no quiero que me utilices como excusa para no tener relaciones con tu familia.

–No necesito tener una relación con ellos.

–Sí, lo necesitas. Todo el mundo necesita una familia. Además, tú mismo me dijiste que estuviste apartado de ellos por mí. Y yo no quiero interponerme entre tus hermanos y tú.

Cooper la soltó.

–No entiendo a qué viene todo esto.

–A tu relación con tu familia, con la familia Cain.

–No, no es verdad –otras parejas habían notado la discusión y él, para evitar ponerse en evidencia, volvió a tomar a Portia en sus brazos, bruscamente–. Lo que pasa es que no puedes evitar meterte en los asuntos de los demás e intentar arreglar las cosas entre ellos.

Portia frunció el ceño. Por primera vez durante la velada, parecía confusa.

–Yo… no entiendo qué quieres decir.

–¿Crees que quiero convertirme en otra de tus obras de caridad? ¿Como mi supuesta hermana a la que quieres proteger, como Caro, como todos esos niños a los que quieres adoptar?

–No… no es eso.

–¿Estás segura? Piénsalo. De cualquier modo, no estoy dispuesto a convertirme en un artículo más para que tú proyectes tu caridad.

Cooper la soltó, pero esta vez se alejó de ella.

Portia se marchó con el resto de los invitados al hotel de Provo. Al día siguiente no volvió.

# Capítulo Nueve

El fin de semana había sido todo un éxito, Portia lo sabía a pesar de no haberse quedado para la exhibición de tabla de nieve. Lo había dejado todo preparado y sabía que los invitados lo habían pasado muy bien; en especial, los invitados que eran posibles inversores.

Portia se había marchado de Utah sin duda alguna de que Cooper lograría comprar y restaurar Bear Creek Lodge, o bien a través de su empresa o por medio de otros inversores. En realidad, no le sorprendería que Cooper ya hubiera recibido numerosas ofertas. Ofertas de las que ella nunca sabría.

Nada más volver a su casa llamó a Jack Harding para ver qué más había averiguado de la hija de Hollister Cain. Después de recoger la información que el detective le dio, se la envió a Caro. Quizá, si Caro encontraba a la hija de su exmarido y se lo comunicaba a Dalton y a Griffin, estos repartirían el dinero con ella. Era la solución más fácil y sencilla.

Portia se sintió como una idiota por no habérsele ocurrido antes, en vez de haber elaborado una estrategia que había complicado las vidas de todos.

Después de aquello, se quedó invernando en su casa durante una semana, solo respondiendo a las llamadas telefónicas de su madre, que no comprendía su comportamiento.

Portia estaba haciendo yoga en su casa cuando llamaron a la puerta. Creyendo que era su madre, fue a abrir con la idea de decirle a su madre de una vez por todas que la dejara en paz. Pero al abrir, en vez de a su madre se encontró con Laney.

Laney, al instante, se acercó a ella y le dio un fuerte abrazo, al tiempo que, sin querer, le daba un pequeño golpe en la cadera con la enorme bolsa que llevaba en la mano.

–Hola, Portia –dijo Laney al soltarla–. Ya sé que te parecerá raro que haya venido, pero tu madre ha llamado a Dalton para pedirle que viniera a hablar contigo. E iba a venir él, pero a mí me ha parecido mejor venir yo por él ya que… en fin, Dalton no sabía qué decirte. Y también te he traído cosas para picar.

Laney se introdujo en la casa y sacudió la bolsa que llevaba en la mano antes de añadir:

–Como no sabía si te gusta más lo dulce o lo salado, he traído un poco de todo: patatas fritas, guacamole, frutos secos, almendras con chocolate y helado.

Portia, asombrada, se quedó mirando a Laney mientras esta parecía sentirse como en casa. Laney, la mujer de su exmarido.

–¿A qué has venido? –preguntó Portia innecesariamente.

Laney, con las mejillas enrojecidas, la miró.

–Portia, ya sé que esto es un poco raro, pero…
–Laney vio una mesa y dejó en ella los comestibles

después de sacarlos uno a uno de la bolsa–. Todo el mundo está preocupado por ti. Cuando te vimos en Provo, pensamos que había algo entre Cooper y tú. A Dalton le pareció extraño, pero acabó convencido también. Estábamos muy contentos. Pero luego, al ver que te marchaste incluso antes de la exhibición de tabla de nieve y sumando a eso que desde entonces no ha habido manera posible de ponerse en contacto con Cooper, hemos llegado a la conclusión de que hay motivos para que estemos preocupados. A Caro no le hemos dicho nada porque Hollister, de repente, se puso peor el otro día, y la mujer ya tiene bastante.

–¿Que todos estáis preocupados por mí?

–Claro. Sydney se ofreció a venir en mi lugar para hablar contigo, pero estaba ocupada porque ella y Griffin se van mañana de viaje. Pero si les necesitas para algo, están dispuestos a posponer el viaje –Laney se encogió de hombros–. Ya sé que lo más probable es que yo no te caiga bien y no te lo reprocho. Pero he venido para ofrecerte mi apoyo y para decirte que puedes contar conmigo para lo que quieras; al fin y al cabo, eres parte de la familia. Y te aseguro de que cualquier cosa que me digas quedará entre nosotras.

¿Qué podía responder a eso? Hasta ese momento, se había considerado persona non grata para la familia Cain.

Laney se acercó a la mesa y agarró la cubeta de helado.

–Será mejor que meta el helado en el congelador antes de que se derrita.

146

Portia fue a la cocina, necesitaba un momento a solas para recuperar la compostura. Metió el helado en el congelador y respiró hondo varias veces.

Entonces Laney, que se había acercado a la puerta, le dijo:

—Dalton dice que eres demasiado inteligente para permitir que un tipo como Cooper te destroce el corazón, pero yo... yo sé que la inteligencia no tiene nada que ver con esas cosas.

—Escucha, te agradezco el detalle —contestó Portia dándose la vuelta de cara a ella—. Gracias por venir, pero no voy a llorar en tu hombro.

Laney se la quedó mirando con comprensión en los ojos. Entonces, dijo con voz queda:

—Tú te preocupas mucho por la gente. ¿Tanto te molesta permitir que alguien se preocupe por ti?

Portia trató de imaginarse a sí misma abriéndose a esa mujer, contándole todo lo que le carcomía por dentro, llorando hasta que ya no le quedaran más lágrimas por derramar, comiendo helado.

Pero no lo consiguió.

En vez de echarse a llorar y abrazarse a Laney, respondió a la pregunta que estaba en el aire.

—Sí, me molesta que tú te preocupes por mí. No soporto darte pena.

Laney pareció querer protestar, pero al final asintió.

—Está bien, me marcho —dijo Laney—. Pero que sepas que estás equivocada. No siento pena por ti, pero sé muy bien lo que es sentirse sola. No querer que te sientas así no significa que te tenga pena.

Laney se dio la vuelta y se marchó, sin dar a Portia tiempo a responder. Y fue cuando oyó el motor del coche de Laney cuando se echó a llorar.


Cooper pasó la semana siguiente sin saber qué hacer consigo mismo. La fiesta, la exhibición… todo había sido un rotundo éxito. Durante aquella semana le habían llamado varias personas interesadas en invertir dinero en su proyecto; el viernes, los de la junta directiva de su empresa, incluido Robertson, habían decidido aprobar el proyecto.

Pero eso ya carecía de importancia. En realidad, no había sentido nada la noche en que, al volver a su casa en Denver, encontró a su hermano Dalton esperándole a la entrada.

—Hola —dijo Cooper, y abrió la puerta.

Dalton esperó a estar dentro del condominio para preguntarle:

—¿Te has acostado con Portia?

Perplejo, Cooper se volvió a su hermano.

—¿A qué demonios viene eso? Que yo sepa, no te pertenece.

Viendo que Dalton no se iba a marchar sin antes decir lo que había ido a decir, Cooper fue a la cocina, sacó dos cervezas de la nevera y le dio una a su hermano.

Dalton le lanzó una mirada furiosa antes de llevarse la botella de cerveza a los labios.

—¿Crees que no lo sé? Claro que no me pertenece —contestó malhumorado—. Pero no estoy dispuesto a permitir que nadie le destroce el corazón.

En un primer momento, Cooper se quedó helado; después, se puso a pensar. Lo que acababa de decirle Dalton significaba, en primer lugar, que él le había destrozado el corazón a Portia. En segundo lugar, al parecer Portia se lo había dicho a Dalton, y eso le sorprendió.

–Pero no te importó cuando fuiste tú quien le destrozó el corazón, ¿verdad? –contestó Cooper.

–En eso confieso que tienes razón –Dalton suspiró y continuó–: Portia es hija única, con unos padres sumamente egoístas. A pesar de las apariencias, le cuesta mucho hacer amistades. Yo cometí muchos errores con ella, pero siempre la traté con respeto. Y la admiro mucho. No se merece que un mujeriego como tú juegue con ella.

–Estoy totalmente de acuerdo –esas palabras escaparon de sus labios casi sin que se diera cuenta–. Se merece mucho más. Pero si por un momento pensara que está enamorada de mí, todo sería diferente.

Dalton se lo quedó mirando.

–Entonces… ¿qué? ¿Vas a dejar las cosas como están? ¿Vas a permitir que se te escape de las manos? ¿Ni siquiera vas a intentar luchar por ella? Nunca te he considerado un cobarde.

–No lo soy.

–En ese caso, ¿qué demonios estás haciendo aquí? Si quieres estar con ella, ve a Houston ahora mismo y arrodíllate ante ella si es necesario.

\*\*\*

Portia volvía de hacer unas compras cuando encontró a Cooper sentado en los escalones de la entrada de su casa. Al verla llegar, se puso en pie. Iba vestido con unos vaqueros y una camisa polo que confería al azul de sus ojos un tono más profundo y misterioso. Llevaba un libro en las manos.

Le temblaron las piernas solo de verle. ¿Cómo iba a poder contenerse para no arrojarse a sus brazos? ¿Y por qué estaba allí? ¿A qué había ido?

A pesar de la multitud de preguntas que acudieron a su mente, no dijo nada. Se limitó a abrir la puerta y le dejó pasar.

—Habíamos hecho un trato —dijo Cooper cuando ella cerró la puerta.

—Así es —respondió Portia tras unos minutos de vacilación, cuando se dio cuenta de a lo que él se refería—. Y yo he cumplido con mi parte.

—Pero no me has dado la oportunidad de que cumpliera yo con la mía —Cooper le dio el libro—. Se supone que tengo que ayudarte a encontrar a la hija de Hollister.

—¿Qué es esto? —preguntó Portia mirando el libro.

—El es diario de mi madre.

—¿Y cómo me va a ayudar?

—Solo te pido que le eches un vistazo.

Portia pasó unas hojas escritas a mano. En algunas, había recortes de periódico y revistas pegados, todos de artículos sobre Hollister o Cain Enterprises.

—No lo entiendo —dijo Portia.

—Cuando era un niño, recuerdo que mi madre

150

estaba completamente obsesionada con Hollister y convencida de que su breve aventura amorosa era el verdadero amor. Creía que Hollister iba a divorciarse de Caro y a casarse con ella. Leía y coleccionaba todo lo referente a él. Este libro contiene todo lo que mi madre consiguió averiguar de él, y data del tiempo en el que Hollister debió tener relaciones con la madre de la chica a la que quiere encontrar. No lo sé, pero quizá haya en el diario alguna pista sobre lo que Hollister estaba haciendo en esos momentos.

Sin quitar los ojos del diario, Portia se sentó en el sofá. Era un diario detallado, exhaustivo y, como Cooper había dicho, obsesivo. Cooper había ido allí a entregárselo porque pensaba que podría tener información relevante. ¿Qué clase de infancia había tenido Cooper con una madre así? ¿Hasta qué punto había condicionado la opinión de Cooper respecto a la familia Cain y al resto del mundo?

—Por favor, no creas que mi madre estaba loca —dijo Cooper como si le hubiera leído el pensamiento.

—No, no lo pienso en absoluto —respondió ella, consciente de que Cooper quería a su madre.

—Se conocieron esquiando en Europa. Mi madre era modelo. Hollister la dejó embarazada de mí, lo que acabó con su carrera de modelo. Mis abuelos, que siempre se habían opuesto a la profesión que ella había elegido, se negaron a ayudarla cuando se enteraron de que iba a tener un hijo. No le quedaron muchas opciones.

–Hollister la mantenía, ¿es eso?

–Sí. Mi madre no tenía estudios y tampoco supo administrar el dinero: tomaba clases de esquí e íbamos de vacaciones a Vale, pero vivíamos en un piso cutre –Cooper lanzó una amarga carcajada, una carcajada llena de desilusiones y sueños frustrados–. Quería estar preparada para cuando Hollister viniera a por nosotros y se casara con ella.

Portia cerró el libro cuidadosamente y lo dejó encima de la mesa. Lo que más deseaba en el mundo era abrazar a Cooper, acariciarle, consolarle, proteger a ese niño al que la crueldad de Hollister había hecho tanto daño.

Sabía muy bien lo cruel que era Hollister. Cierto que había tenido mucho encanto, había sido guapo y carismático; pero todos esos atributos escondían una despiadada ambición y una falta de consideración hacia los demás que rayaba en lo psicótico.

Sí, quería abrazar a Cooper, pero no lo hizo porque, de estar en el lugar de él, no habría querido que la consolaran. ¿No le había dicho a Laney hacía poco que se marchara porque no quería su compasión? ¿No había...?

¡Al demonio!

Portia se arrojó a los brazos de Cooper y le estrechó con fuerza, tratando de traspasarle todo el amor que sentía por él en aquel abrazo.

–No es pena lo que siento –susurró Portia pegada al pecho de él–. Y quiero que sepas que ya no me importa la hija de Hollister ni nada. Ni siquiera sé por qué me empeñé en...

–Yo sí sé por qué te importaba –le interrumpió Cooper al tiempo que la separaba ligeramente de él para que pudiera mirarle a los ojos–. Te importaba porque pensabas que, probablemente, tendría problemas para integrarse en este mundo de riqueza y poder… Igual que te pasa a ti. Te importaba porque te importa la gente, aunque lo disimules. Lo único que espero es que yo también te importe más de lo que parece. No he venido aquí para cumplir mi parte del trato, sino porque quiero que me des otra oportunidad.

–¿Otra oportunidad para qué?

–Para hacer que te enamores de mí.

Portia se apartó de él bruscamente.

–¿Es que no te has enterado? ¡Ya estoy enamorada de ti! ¿Por qué crees que me marché de Utah a toda prisa? –Cooper no respondió, pero Portia le vio esbozar una sonrisa de oreja a oreja–. ¡No tiene ninguna gracia!

–No me estoy riendo. Estoy feliz.

Cooper fue a abrazarla otra vez, pero ella le puso las manos en el pecho, deteniéndole.

–No sé por qué estás feliz, porque yo, desde luego, no lo estoy. Ahora me deseas, pero ¿por cuánto tiempo? Al margen de que te quiera o no te quiera, no voy a volver a Colorado contigo. No estoy dispuesta a deshacer mi vida por estar contigo solo para que, después de unas semanas, te canses y me dejes por una modelo sueca.

En vez de abrazarla, Cooper se mantuvo apartado de ella. Pero, de alguna manera, había conseguido llevarla hasta la pared y arrinconarla.

–¿Es que no lo entiendes? Portia, estoy desesperado –dijo Cooper con voz suave–. Comprendo que no te fíes de mí y confieso que he hecho todo lo posible para evitar enamorarme de ti. Y la verdad es que no creo que puedas reprochármelo teniendo en cuenta la familia de la que vengo.

–No, no puedo reprochártelo –reconoció Portia–. Pero el amor no tiene por qué ser así siempre.

Fue entonces cuando Cooper volvió a rodearla con los brazos.

–Cuando estamos juntos, es como una locura que escapa a mi control. Tengo celos y estoy obsesionado contigo, y eso me aterra. La única esperanza que tengo es que a ti te pase lo mismo. Necesito convencerte de que eres lo más importante del mundo para mí. A pesar de las tonterías que he hecho en el pasado, quiero que sepas que siempre estaré a tu lado.

–Cooper...

Pero Cooper la interrumpió.

–Sé que esto te asusta. A mí también. Sé que has sufrido y que quizá sería todo más fácil si me marchara y te dejara. Pero no puedo hacerlo. Amarte es el mayor riesgo que voy a correr en mi vida, pero también sé que será lo que me haga más feliz. Te pido que me creas, que confíes en mí. Te quiero, Portia, te quiero más que a nadie en el mundo. Por favor...

Portia deseaba tanto creerle que casi le dolía. Le amaba, le adoraba, ella tampoco había querido tanto a nadie. Pero... ¿se atrevería? ¿Podría confiar en Cooper plenamente y permitirse creer en ese futuro sin límites?

Cooper acercó el rostro al suyo, en esos ojos zafiro había un brillo de esperanza, de amor.

–Portia…

Pero esta vez, fue ella quien le interrumpió.

–Tengo miedo, Cooper.

–Lo sé, cielo. Pero…

–Déjame terminar –Portia sonrió–. Nunca he corrido riesgos, siempre he apostado por lo seguro y siempre he hecho lo que se esperaba de mí. Pero esta vez, esta vez voy a hacer lo que quiero. Lo que necesito. Y te necesito a ti, Cooper. Siempre te he necesitado, aunque no lo supiera. Pero ahora lo sé. Soy toda tuya. Y no por un tiempo, sino para toda la vida.

El rostro de Cooper se iluminó y la estrechó en sus brazos. Y una inmensa felicidad la invadió. Sí, se pertenecían, el uno al otro, durante el resto de sus vidas.

Por fin, Cooper la separó de sí ligeramente y la miró.

–¿Estás dispuesta a venir a Colorado conmigo?

–Desde luego, lo que no voy a hacer es pedirle a un esquiador de tabla de nieve que se venga a vivir a Houston, un sitio en el que siempre hace calor y nunca, nunca, nieva. ¿Por qué? ¿Qué estás pensando?

–En realidad, se me había ocurrido que viviéramos en tres sitios: la mitad del tiempo, por lo menos, en Denver, por la empresa, aunque puedo trabajar bastante sin necesidad de estar allí. Pero tampoco me importaría probar a pasar algún tiempo en Houston; al fin y al cabo, no has dejado de insistir en que debería pasar más tiempo con Dalton y Griffin.

Portia se puso de puntillas y le besó.

—Gracias. ¿Y el tercer lugar?

—Bear Creek Lodge. Tenías razón, hay mucha gente interesada en invertir en el proyecto. Ahora solo falta dilucidar qué hacer con la propiedad para que los dos estemos contentos. Y en eso también tenías razón, me he dado cuenta de que no quiero un lugar lleno de niños ricos.

—Yo también soy una niña rica, ¿no?

Cooper ignoró la ironía.

—Convertiremos ese lugar en algo que nos guste a los dos. Y quizá, algún día, puede que adoptemos a un montón de niños a los que también les gustará estar allí. ¿Qué te parece?

Portia volvió a ponerse de puntillas para darle otro beso.

—Me parece muy buena idea.

Volvieron a besarse, y esta vez fue un beso para sellar un trato de toda una vida.

# Deseo

## UN AMOR ENVENENADO

### OLIVIA GATES

Aram Nazaryan solo necesitaba una cosa para conseguir el cargo que ambicionaba: una esposa adecuada. Aunque el multimillonario estaba dispuesto a todo por regresar a Zo-hayd, el país del desierto que era su casa, casarse con la princesa Kanza Aal Ajmaan era un precio demasiado alto. O eso creía hasta que conoció a Kanza...

Todo parecía ir sobre ruedas cuando pidió la mano de su princesa. Pero entonces Kanza se enteró de la verdad. Aunque ella se había casado por amor, los votos de él estaban contaminados por la ambición.

*¿Destruiría la traición su matrimonio?*

## ¡YA EN TU PUNTO DE VENTA!

# Acepte 2 de nuestras mejores novelas de amor GRATIS

## ¡Y reciba un regalo sorpresa!

## Oferta especial de tiempo limitado

**Rellene el cupón y envíelo a**

**Harlequin Reader Service®**
3010 Walden Ave.
P.O. Box 1867
Buffalo, N.Y. 14240-1867

**¡Sí!** Por favor, envíenme 2 novelas de amor de Harlequin (1 Bianca® y 1 Deseo®) gratis, más el regalo sorpresa. Luego remítanme 4 novelas nuevas todos los meses, las cuales recibiré mucho antes de que aparezcan en librerías, y factúrenme al bajo precio de $3,24 cada una, más $0,25 por envío e impuesto de ventas, si corresponde*. Este es el precio total, y es un ahorro de casi el 20% sobre el precio de portada. !Una oferta excelente! Entiendo que el hecho de aceptar estos libros y el regalo no me obliga en forma alguna a la compra de libros adicionales. Y también que puedo devolver cualquier envío y cancelar en cualquier momento. Aún si decido no comprar ningún otro libro de Harlequin, los 2 libros gratis y el regalo sorpresa son míos para siempre.

416 LBN DU7N

| Nombre y apellido | (Por favor, letra de molde) | |
|---|---|---|
| Dirección | Apartamento No. | |
| Ciudad | Estado | Zona postal |

Esta oferta se limita a un pedido por hogar y no está disponible para los subscriptores actuales de Deseo® y Bianca®.
*Los términos y precios quedan sujetos a cambios sin aviso previo.
Impuestos de ventas aplican en N.Y.

SPN-03                                    ©2003 Harlequin Enterprises Limited

# INDISCRECIONES AMOROSAS

## KATHERINE GARBERA

Conner Macafee, millonario y soltero, estaba dispuesto a cerrar un trato con la entrometida periodista Nichole Reynolds. Nichole quería que él contara su historia, algo que Conner estaba dispuesto a hacer… cuando ella accediera a compartir su cama.

Conner era arrogante, engreído… y endemoniadamente sexy, y Nichole pensó que, por su carrera periodística, merecía la pena ser durante un mes la amante del soltero más codiciado de la ciudad y trasladarse a vivir a su ático. Pero bastó un beso para que se diera cuenta de que había cometido un gran error: ahora quería la historia y al hombre.

*«Sé mi amante por un mes»*

TUALATIN PUBLIC LIBRARY
18878 SW MARTINAZZI AVE.
TUALATIN, OR 97062
MEMBER OF WASHINGTON COUNTY
COOPERATIVE LIBRARY SERVICES

# ¡YA EN TU PUNTO DE VENTA!

# Bianca

Tendría que recordar para llegar a comprender la tensión sexual
que había entre ellos...

Tras una larga amnesia,
Magenta James, una ma-
dre soltera que no llegaba
a fin de mes, sintió que su
vida volvía a encauzarse al
conseguir una buena entrevista de trabajo. Sin embargo, sus esperanzas murie-
ron cuando se encontró
con la mirada color zafiro
de Andreas Visconti al otro
lado del escritorio...
El magnate de los nego-
cios, de origen italiano, era
el padre de su hijo, pero al
no ser elegida para el
puesto supo con certeza
que su relación no había
terminado bien...

El recuerdo de sus caricias

Elizabeth Power

¡YA EN TU PUNTO DE VENTA!